行政院大陸委員會策劃

大陸事務暨政策研究基金會主編

新聞媒體與兩岸交流

臺灣學生書局印行

序言

新聞交流是兩岸關係的重要課題。而事實上，新聞交流也是目前政府大陸政策中最具信心的部份；不過，目前的新聞交流方面仍然停留在單向的水平上，而另一方面，政府卻不斷批評中共不願放大兩岸新聞交流的步伐，從而導致兩岸資訊交流不對稱的現象的存在。

事實上，兩岸資訊交流的不對稱，最根本的原因在於臺灣已有具高度自主性的民間社會以及傳播媒體，而大陸則缺乏具有相對自主性的民間社會和傳播媒體。基本上，迄今中共的力量仍然可以控制傳播媒體，而在這種情況下，兩岸的新聞資訊交流當然不可能是對等的。期望兩岸的新聞資訊交流能夠對等，必須以兩岸都已存在具有相對自主性的民間社會和傳播媒體爲基礎；而這不能光賴政府對中共不斷作出政治呼籲所能致之的；事實上，如何使大陸具有相對自主性的民間社會能夠形成，必須是整個中國大陸政治和經濟結構的宏觀改變。

如何促使中國大陸具有相對自主性的民間社會能夠形成，這不只是中共應該努力的改革方向，也是我們政府大陸政策的著力點。事實上，在中國大陸沿海區域，由於中共的經濟改革已使民間社會的形成出現了雛型，而經濟改革已經是中共不敢也不可逆轉的政策方向；因此，大陸民間社會的更進一步的確立，是許多人正在拭目以待的；而兩岸資訊的對等交流希望也可以因此而成爲可能。

既然新聞交流方面是最能顯現我們信心的重要環節；我們必需在這方面繼續不斷的作出呼籲；不過，以目前的中共政治生態而言，如果要中共與我方進行對等的資訊交流仍然有很多困難；因此，我們必須先從一些政治敏感性較低，而技術也比較容易處理的問題，要求中共進行合作交流，其中要者如兩岸通訊社的新聞資訊材料的交換運用，以及雙方記者的互訪等；不過，我們這邊也必須儘快處理共產黨員入臺的問題，當然要使這個問題得到合理的解決，必須也要一併解決「黑名單」的問題。只有共產黨員入境問題獲得解決，兩岸的雙向新聞交流才有可能，而這也才能替兩岸進一步的對等新聞交流奠立基礎。

這本論文集之所以能夠出現，必須感謝行政院陸委會、新聞局、臺北市記者公會的贊助，此外，也要感謝各位賜稿的學者專家，以及學生書局和社會各界的支持和賜教。謹以這本論文集獻給所有關心兩岸新聞交流的人士，並且不吝批評指教。

李英明 謹誌於臺北木柵

八十一年三月十日

新聞媒體與兩岸交流

目次

大陸媒體對臺灣新聞處理之研究

政大東亞所教授

李英明

前言

自從開放探親以來，新聞媒體在兩岸互動中扮演相當重要的角色，不只成爲兩岸黨政經軍文化動態信息、相互的有關政策信息的溝通中介，而且也成爲一些更微觀的如尋親、旅遊和藝文活動交流傳遞的管道。面對這種現象，我方新聞媒體所扮演的角色和所發揮的功能，當然值得我們重視研究；而大陸媒體的角色和作用亦值得我們關注，不過，對於這個問題的關注，本文擬從大陸新聞媒體對臺灣新聞處理作爲切入點。而從這個切入點著手，本文將分以下三個主要部份來加以論述：㈠如何理解和掌握大陸媒體對臺灣新聞的處理；㈡兩岸新聞媒體報導對方資訊不對等和不平衡現象的分析；㈢建議與結論。

壹、如何理解和掌握大陸媒體對臺灣新聞的處理

本論文所指涉的大陸媒體，主要是指中共中央級的中共中央人民廣播電臺和電視臺以及人民日報（大陸版和海外版）、瞭望（主要是海外版），因此，本文所稱的大陸媒體事實上亦可稱爲中共媒體。

大陸媒體對臺灣新聞處理是從屬於中共對臺工作的一個環節，爲中共對臺工作而服務。中共一直將媒體的角色定位成黨的喉舌，這種定位在其媒體處理臺灣新聞上表現得更爲凸顯，事實上，從我方開放探親以來，大陸媒體對臺灣新聞報導的口徑一致現象可以看出，中共對這方面新聞處理的控制程度超過對其他方面新聞處理。

因此，從我方開放探親以來，大陸新聞媒體對臺灣新聞的處理，基本上是依中共對臺工作的指導綱領、工作方針和基本原則來進行的。而這幾年來，中共對臺工作的最高指導綱領是打破三不，實現三通，使兩岸按中共「一國兩制」統一；從這個最高指導綱領延伸出來的對臺工作方針是：以和平方式，實現「一國兩制」式的統一，但同時要堅決反臺獨、一國兩府以及所有被認爲是一中一臺或兩個中國的論調，而爲了使這個工作方針得以落實，就絕對不能承諾放棄武力犯臺；中共在上述指導綱領和方針主導下的對臺工作實際作法是希望能影響、掌握臺灣的市民社會、經濟基礎❶進而形成「以經濟促政治」和「以民促官」的形勢，迫使我方能按中共「一國兩制」和大陸統一，而事實上，爲了影響、掌握臺灣的市民社會和經濟基礎，進而介入和導引臺灣的政治運作，中共這幾年來早就動員了理論班子形成了一套

解釋臺灣社會發展、經濟發展和政治發展的理論模式。在有關解釋臺灣社會發展方面，主要是以兩個階段革命論（資產階級民主革命和社會主義革命）和社會主義初級階段論爲依據，直、間接的指出，臺灣社會發展幾乎只有往社會主義方向過渡才有前途；而在臺灣經濟發展方面，則是以相當廣義的依賴理論爲依據，將臺灣經濟看成是先進資本主義國家的附屬環節，並且認爲只有和中國大陸加速經貿交流，臺灣經濟運作才能擺脫產業空洞化的危機，並且會因爲獲得廣大的大陸市場而獲得生機；至於對於臺灣政治發展方面，則著重在凸顯所謂社會主義政治體制的優越性，區隔兩岸在民主、人權等認知的差異，此外，還延續相當廣義的列寧的帝國主義理論，將臺灣政治的運作說成是先進資本主義國家的禁臠。

至於兩岸關係的發展方面，中共除了訴諸民族感情和民族主義，還通過相當傳統封建的天朝觀，爲其「一國兩制—中央對地方」的格局作辯護。

中共認爲，九十年代是中共一國兩制的實踐年代，必須儘可能的在九十年代促使臺灣按一國兩制模式和中國大陸統一。依中共的看法，中國大陸早在一九四九年已經完成改朝換代，中華民國早就不存在，現在在臺灣的政治力量，只不過是作爲朝廷的中共尚未戡平綏靖的地方；亦卽從改朝換代的角度看，中共才是正朔，臺灣理應「回歸」大陸，不能而且也沒有資格和中共討價還價，甚至也不能和中共同稱爲對等的政治實體，平起平坐的分配政治權力。既然中共認爲自己是朝廷，而臺灣是個未戡平的地區，因此，中共認爲不能宣佈對臺灣放棄武力。

就如前述，中共目前最想的事情就是促使兩岸能按一國兩制完成統一，而其步驟是先達成兩岸的雙向交流，實現三通，而後再促成國共兩黨接觸商談，進而就政治性的統一問題，進行談判。這是中共對臺工作的三個步驟，而這三個步驟最主要是要突破臺灣國統綱領近程階段。

既然中共自視為是朝廷，因此，就反對臺灣以自主的政治人格和其他國家建立外交關係，而只允許臺灣和各國建立民間關係。就中共的角度來看，臺灣既然只是朝廷未收復的地區，當然就不能擁有自主的國際生存空間，造成兩個中國，或一中一臺的結果。

中共既然不認為臺灣擁有政治主權，進而就不認為臺灣擁有法律主權，這是前一陣子閩獅漁事件曲曲折折的最主要的原因，中共不願意見到臺灣藉著閩獅漁事件凸顯我方的法律管轄權和主權。

在另一方面，中共既然認為雙向交流是邁向兩岸統一的第一個步驟，是臺灣歸順朝廷的第一個具體表現；因此，就中共而言，中共絕不允許臺灣在雙向交流中以自主的政治實體的身份和中共進行對等的交流；亦即，中共絕不允許臺灣以中央政府的身份和中共交往；而且，中共強調，任何中介團體絕不能阻礙和延緩兩岸雙向交流，而海基會除了不能阻擾兩岸的直接接觸外，更不能獨攬兩岸的中介事務，中共絕不會放棄與海基會以外的任何中介團體的來往聯繫。從這個角度觀之，中共不願讓海基會擁有兩岸交流中的最重要角色。

中共相當清楚臺灣有相當活躍的民間力量，這股力量是中共對臺工作的最重要的籌碼。不過，中共運用這股民間力量是有層次之分。臺灣的商業力量是最優先的對象，而其中又以中小企業為主。中共認為中小企業才是臺灣的眞正經濟實力所在，吸收臺灣中小企業，才眞正能掌握臺灣經濟命脈，至於大財團當然也須拉攏，但主要著重在臺籍財團，這才會顯現出重大的政治意義。此外，中共認為，應該凸顯幾個重要的急統派的臺灣團體為樣板，並且加緊連繫不統不獨的社會力量，壓制臺獨聲勢；而與此相關的是，中共認爲，民進黨在臺灣已成氣候，當然是中共連繫的主要力量，不過，對待民進黨的基本方針是，透過民進黨來制衡國民黨，而且連繫民進黨內的美麗島系來壓制新潮流系，但是也力求新潮流系和其他更激進的臺獨勢力能改變政治態度。中共認爲，臺灣的其他小政黨雖多達五、六十個，但基本上並不能起多大作用，目前還稍微有活動力的就是青年黨、民主黨、勞動黨和中華社會民主黨；不過，這些黨雖然不能成氣候，但中共也必須設法加強連繫，希望這些小黨也能蔚爲一股制衡國民黨和民進黨的力量，並爲中共所期望的「統一」作出貢獻。

以上述相當的篇幅來論述中共有關臺灣社會、經濟和政治發展以及兩岸關係的圖像，最主要是想凸顯一個問題：想要瞭解大陸媒體對臺灣新聞處理的背後意義，必須以對上述中共整套圖像的瞭解爲基礎，因爲大陸媒體對臺灣新聞處理基本上就是上述中共整套圖像的反映。而從上述的論述可知，要瞭解大陸媒體對臺灣新聞的處理，基本上可以按照以下兩個主線來加以掌握：

㈠大陸媒體對臺灣的新聞處理是從屬於中共對臺工作的一個環節；

㈡大陸媒體對臺灣的新聞處理主要是反映中共對臺灣社會和政經發展以及兩岸關係的圖像。

至於大陸媒體對於臺灣新聞處理的過程，因爲在本次研討會中另有專文論述，因此本論文不擬加以討論；不過，要特別強調的是，上述兩條主線之所以可以被凸顯出來加以掌握，最主要是因爲大陸媒體具有相當明顯而且固定的「黨的喉舌」的角色，而這種角色在其處理臺灣新聞方面尤爲凸顯。

如果我們按照上述兩條主線來掌握大陸媒體對臺灣新聞的處理的話，我們將發現除了訴求鄉情、親情、同胞愛或民族感情的有關報導外，以下幾類有關臺灣的新聞是大陸媒體最常出現的：❷

一、要求我方直接與大陸三通以及進行黨對黨接觸商談甚至談判的新聞，這類新聞事實上是中共對臺政策和立場的不斷再宣示。

二、批評我方大陸政策不願放棄三不，進行三通和黨對黨的直接接觸商談、甚至談判；

三、凸顯被認爲有助於兩岸三通、直接交流和「統一」的臺灣各類團體、人士和事件以及相關的主張。

四、凸顯臺灣經濟產業空洞化、投資環境惡化、資金外流的現象。

五、凸顯報導立法院或甚至省市議會朝野民意代表抗爭或打架的新聞，並將其歸之於臺灣「民主」的亂象；此外，大陸媒體也會報導臺灣各類層出不窮的社會和政治運動以及相關的示威抗議事件，並且也同樣帶有諷刺意味的將其解釋爲臺灣「民主」亂象。

六、有關逮捕臺灣特務的消息，刻意凸顯我方的大陸政策「表裏不一致」，缺乏誠意，並且藉以教育黨政幹部不能鬆散對臺的防患意識。

七、抨擊臺灣和任何被認爲是「一中一臺」或兩個中國的主張、政策和行動。

八、抨擊我方任何被認爲要凸顯法律主權和自主政治實體地位的作爲和措施。

九、抨擊我方以公權力介入臺海漁事、民事甚至刑事糾紛案件。

就因爲大陸媒體對臺灣新聞的處理，是從屬於中共對臺工作的一個環節；再加上大陸媒體是作爲「黨的喉舌」來運作的；因此，中共根本不可能如我方主事者所期望的讓媒體很完整詳細甚至不帶批判意味的報導我方的大陸政策和有關臺海事件處理的立場和措施，這是造成我方主事者所憂慮的雙方有關彼此政策和立場的信息報導不對等和不平衡的主要原因。

貳、兩岸新聞媒體報導對方資訊不對等和不平衡現象的分析

就如前述在兩岸互動過程中，存在著一個令我方主事者引以爲慮的事情，此即我方媒體報導中共對臺政策和宣示的篇幅遠大於中共媒體報導我方大陸政策和宣示的篇幅。我方主事者把這種現象稱爲雙方資訊的不對等。

前面已經提及，中共一直把媒體定位成黨的喉舌，希望媒體能成爲宣導黨的政策和立場的工具，這種現象在六四之前的趙紫陽階段曾經出現過鬆動；但在六四之後，中共又扭轉了這種鬆動現象，強化了對媒體的控制，整肅了被認爲有資產階級自由化傾向的媒體和人員，媒體的工具性角色更形凸顯，任何媒體在政治層面上，幾乎不敢跨越中共高層的既定政策的界限，除非中共黨內高層派系有路線和政策分歧才會出現媒體報導不一致的現象；但目前無論中共高層仍存在政經路線的爭論，但並沒有使媒體的工具角色有所鬆動。況且，在對臺政策和路線上，中共高層內部共識程度遠大於其他領域，媒體的相對自主空間相形的就更爲縮小。在這種情況下，中共控制下的媒體根本不可能從擁有相當自主程度的角度去報導、評論我方的大陸政策和宣示。此外，中共報紙媒體的篇幅有限，除了固定要傳達黨及領導人的政策主張外，還要報導大陸內外的消息，有關臺灣的新聞只不過是其衆多新聞中的一部份而已；更重要的是，中共根本不願意讓媒體花太多篇幅報導我方的大陸政策和立場宣示，中共

所要的報導是符合及有利於對臺工作的政策和立場的新聞，或是我方被認爲「有害於兩岸關係大局」的負面新聞。再而，值得特別一提的是，中國大陸在中共一黨專政下一直無法形成具有相對自主性的市民社會；因此，在中國大陸根本不可能出現像臺灣民間媒體從市場取向爭先報導中共對臺政策和宣示的現象。

兩岸資訊的不對等，癥結不是在媒體本身，而主要是兩岸不同的政治體制所造成；在臺灣隨著民主化過程的發展，民間社會力蓬勃發展，媒體更扮演牽引社會資訊導向的重要角色，而兩岸事務隨著開放探親以來的形勢的變化，更成爲朝野各界關注的焦點，其成爲媒體報導的重點，事實上也是不難理解。更何況，報禁解除後，在激烈的市場競爭的制約下，媒體更是卯足了勁在一些重點新聞上爭奪報導的主導權。而且，儘管目前我們與世界許多國家建立有正式的外交或實質關係，但畢竟相對於中共而言，國際活動空間還是小得很多；因此，兩岸關係就成爲媒體重視的重點新聞。

兩岸資訊的不對等，主要是因爲臺灣已經是一個多元化的社會，政府主事者面對兩岸資訊不對等的現象，一方面固然要嚴肅的面對，找出因應之道，而另一方面則應該瞭解隱藏在這個現象背後的深層原因和意涵。以兩岸目前的態勢來看，兩岸雙方的資訊不可能期望透過雙方的媒體對等的獲得傳播，而幾乎只能在臺灣自己的媒體上獲得報導流傳，再加上上述的原因，也許我們媒體對中共對臺工作的政策宣示，以及中共的任何動作的報導就會比對政府大陸政策的報導來得多。這當然會給政府帶來巨大的壓力，甚至造成民衆有時反而比較瞭解中共政策立場，而不太知道政府政策立場的現象。

如果大陸媒體能相對於中共具有自主性的報導臺灣的新聞，尤其是我方的大陸政策和立場以及有關大陸事務的處理作法和措施，那就表示中共「一黨專政」的黨政結構已經產生變化，媒體不再是作爲黨的喉舌而存在，而且可能還意謂著大陸市民社會的形成，甚至是眞正的屬於民間性質的媒體的出現。

布里辛斯基（Brzezinski, Z.）和弗利得利希（Friedrich, C.）在其合著的書中，❸曾提出一個研究共黨國家的理論模型，而這個模型是通過六個相關的特性來界定極權主義的：㈠有一套官式的意識型態；㈡由獨裁者所領導的單一政黨；㈢恐怖的警察控制；㈣對傳播媒體的壟斷；㈤對軍隊武器的壟斷；㈥中央計劃經濟。這個極權模型儘管是二次大戰後東歐共黨世界甫建立不久，而且東西方冷戰下逐漸繃緊的階段所產生，其對於共黨國家後來的演變發展的解釋力具有侷限性；但是這個模型對於目前中共與大陸傳播媒體的關係卻仍具有高度的解釋力，在目前中國大陸，由「黨國」直接控制或擁有的媒體系統之間幾乎可以完全劃個等號，在這種情況下，任何形式的公共討論，從政治討論到理論爭論，都由中共的掌權者來加以掌握，傳播媒體變成中共從事政治社會化的管道和工具，不只要說服羣眾瞭解黨的政策，而且還要動員羣眾積極參與政治活動。事實上，中國大陸的傳播媒體可說是一種極權的媒體系統，而中共迄今仍可說是一個極權的宣傳國家（Totalitarian Propaganda State）。❹就如前述，六四之前的趙紫陽階段，中共高層內部有過有關新聞自由和新聞法如何確立的討論，而且也曾讓媒體在支持改革的情況下擁有較大的自主性，但在六四之後，中共對傳播媒體的控制又趨緊，中共能夠對傳播媒體收放如此自如，這就顯示大陸的傳播媒體確實是極權式的媒體系統，而極權式的媒體系統與中國大陸缺乏市民社會是直接關連在一起的。

在東歐建立共產政權後的歷次反共行動，如東德在一九五三年；匈牙利和波蘭在一九五六年；捷克在一九六八年都曾發生過反共行動，這些行動雖然都被壓制，但是卻改變東歐國家政治系統的某些層面，而這連帶的也改變了大衆傳媒系統的某些層面，其中最爲明顯的是，允許某些專業性的媒體正式獨立於黨國之外，而屬於專業團體或教會；事實上，在反共行動的衝擊下，一九五六年後的波蘭、一九五八年後的匈牙利以及一九七〇年後的捷克都已經不算是前述的極權國家，而其傳播媒體也就不再是一種極權式的傳媒系統，共黨對於藝術和科學這些精英文化以及娛樂這樣的大衆文化的控制明顯放鬆，而這很明顯的反映在傳播媒體上；當然，共黨對於政治性的報導評論還是採取嚴格的控制。

在六四之前的趙紫陽和胡耀邦階段，雖然也不斷強調媒體是黨的喉舌，以及宣稱要反資產階級自由化傾向，但是在科學、藝術以及娛樂方面，也出現與上述東歐國家相同的情形，允許討論西方的思想文化甚至檢討馬列主義，以及放鬆西方音樂電影的進入中國大陸；而在政治報導領域，儘管曾出現由於高層派系路線歧異所出現的政策路線的爭論，但一般而言，中共還是維持對媒體的掌控權；而在六四之後，就又倒退到前述的極權主義的媒體宣傳的地步。

波蘭、匈牙利和捷克在一九七六年，原先由黨國壟斷傳播媒體的局面就幾乎已經被打破。在一九七六年後，更多獨立於黨國控制之外的建制化的社會溝通管道和消息來源不斷湧現，這些管道和來源當然是非法的，不過卻形成這些共黨社會的「第二個公共領域」(second public sphere)。而這種「第二個公共領域」的形成，與這些共黨國家從一九七〇年代末期在經濟領域出現有別於中央計劃經濟的「第二經濟」(second economy) 領域有關。❺這種經濟中有些如自營的家庭農場或小規模的私人企業是合法的，而有些如大規模的私有輸出入貿易則是非法的；透過這種第二經濟的運作，私人可以輸入新的傳播技術和設備，而且形成這方面的合法市場；此外，在這種第二經濟的運作中，也出現了可以在不受國家控制的情況下使用印刷機器，這有助於改變這些東歐國家的社會傳播結構。

事實上，上述這些東歐國家第二經濟和第二公共領域的形成，意謂著有別於黨國控制下的官方社會的「第二社會」(second society) 的出現，❻而「第二社會」以社會存在非共產主義的意識型態，出現有別於共黨官方認可的次級文化、價值系統作爲典型標誌，而這些多樣化的文化和價值理念通過不受黨國控制的自發性社會傳播網絡（即第二公共領域）來傳播。從一九八〇年代以來，在波蘭和匈牙利就已經形成獨立的雜誌和報紙網絡，而且非法的出版管道也在這兩個國家拓散，至於現代的傳播技術也得到迅速發展，而第二公共領域的形成主要是受第二經濟的支持。

中國大陸從八〇年代以來，雖然進行了經濟改革，允許市場機能拓大其作用，而且也允許個體戶等帶有私有性質的經濟活動的存在；但對照波蘭和匈牙利等東歐國家，中國大陸並未形成有別於官方經濟領域之外的第二經濟，以支持第二社會的形成，甚至建立第二公共領域，以致於社會傳播管道幾乎仍然掌握在中共手中。

事實上，經過八〇年代的改革開放，中國大陸市民社會尤其是沿海東南地區已經形成了有別於官方意識型態的次級文化和價值理念，但是並沒有獲得足夠的第二經濟的力量和運作的支撐，以致無法通過第二個公共領域（或社會自發的傳播網絡）獲得系統化和建制化的組織；亦即，中國大陸羣衆之間自發的水平式的傳播網絡無法建立，迄今仍然維持由中共掌控的由上至下的垂直式的黨國化的傳播網絡。只有當中國大陸形成有機組合的第二經濟，並且支撐第二公共領域的出現，那麼中國大陸有別於官方社會的第二社會或稱市民社會才會出現，而到那個時候，中國大陸傳播媒體才不再是黨的喉舌，自主的多元化的新聞報導和評論也才會出現，而有關臺灣新聞的處理，當然也會出現多元化的現象。

叁、結論與建議

政府要跨越上述兩岸資訊報導不平衡、不對等的現象，首先必須作好以下幾個工作：㈠主動有系統的闡述說明政府大陸政策和立場，平衡媒體對兩岸關係的新聞報導；㈡透過各種座談、開會的方式主動與媒體作溝通，讓媒體能瞭解及體會政府的用心；㈢可以透過各種非媒體的管道，加強宣導，讓民衆瞭解政府的政策與立場；㈣透過定期的民意調查加以公布，引發媒體的注意和興趣，媒體的報導量自然增加；㈤確立對兩岸事務的資訊掌握權和解釋權，媒體自然會加強報導政府主事者的看法；而反過來，如果政府不能確立對兩岸事務的資訊掌握權和解釋權，想要媒體多增加篇幅報導，恐怕也不太可能，因爲目前不少媒體認爲其所掌握的資訊和解釋能力甚至比政府來得多、來得好。政府與媒體事實上也在競爭對大陸事務的詮釋權，如果政府能擁有詮釋、主導權威，媒體很自然的就會加強報導政府的政策主張。

至於期望大陸媒體在處理臺灣新聞時能趨於多元化，我們也可以先以東歐共黨國家的發展作爲例子來加以說明。在東歐共黨國家，從八〇年代以來，雖然高層次的公共領域都還掌握在共黨手中，但一些較低層次的領域，如大學系所或其所屬的文化團體等，以及地方性的黨團組織，他們也可以出版自資的或部份受自於黨團之外的資金贊助的出版物；❼因此，這些出版物的內容就比較容易按讀者的需求來編排，而比那些流通範圍廣但受共黨監控甚嚴的大衆傳播媒體更能表現出批判性的態度；當低層次的傳媒都出現這種現象時，就會反過來對層次高流通廣的傳媒造成壓力，促使其產生質的改變。至於在電臺和電視方面也是一樣，東歐國家在一些區域性的、流通範圍小的節目上，不斷出現不直接受共黨抨擊干預的節目，如脫口秀或談風花雪月以及一般不涉及政治的文學、藝術欣賞或奇聞趣事等，吸引住民衆的眼睛和耳朵，從而對共黨掌控的高層次流通廣的電臺和電視節目造成壓力，迫使其必須作出質的轉變。

從東歐轉變的經驗看來，我們不能馬上期望大陸那些層次高流通廣的媒體如人民日報或其中央電視臺和廣播電臺的新聞報導能趨於多元化；事實上，我們可以鼓勵國內的學術文教和傳播單位，直接或採與他國合作的方式，和大陸的學術文教以及傳播單位（尤其是地方性的或層次較低的單位）加強交流，甚至很巧妙的提供資金贊助，一起出版或製作一些不涉及政治或意識型態的軟性優良節目或刊物，去吸引住基層民衆的興趣和注意力；據種種資訊來看，大陸的學術文敎團體和傳播單位，財政經費都相當吃緊，事實上，我們的相關團體如果能在技術上處理得宜，並且避開「和平演變」的疑慮的話，大陸的傳媒甚至學術文教團體與我方相關團體產生緊密合作關係，甚至直、間接接受我方資金的贊助，都有可能出現。

在另一方面，八〇年代以來，東歐共黨國家由於內部經濟危機，允許計畫經濟之外的私人經濟的存在，從而形成前述的第二經濟的出現；第二經濟進一步支撐合法與非法的社會自發的傳播網絡的出現，從而形成官方與非官方出版業激烈競爭的現象；目前中共在蘇聯遽變壓力下，雖然在思想政治領域仍然採取相當強硬的手段和姿態，但已經不斷宣稱要繼續甚至要拓大改革開放；因此，大陸的第二經濟有可能在未來幾年內出現，而第二經濟的出現將對中共的思想政治領域造成巨大的衝擊，有可能促成第二公共領域或甚至自發性的社會傳播網絡的形成，而這種傳播網絡的形成才能打破中共由上至下垂直式的傳播控制的格局，促使大陸新聞媒體在新聞處理（包括對臺灣新聞的處理）能趨於多元化和具有自主性。

政府應該配合中國大陸未來可能的進一步經濟改革，允許和輔導臺灣傳播電子技術業到大陸投資，尤其是看能否在東南沿海地區促成大耳朵、小耳朵的普遍架設，以及印刷、影印、傳眞等技術的普及，這對於在中國大陸形成第二公共領域將會有很大助益，而包括臺灣在內的外來的資訊也可以較前更容易進入大陸。

從一九七〇年代末期，西歐和美國的大衆文化，不管是電視影集、電影（尤其是ＥＴ、大白鯊、洛基等片）以及一些通俗懸疑小說、影像錄影帶、流行歌曲、迪斯可、啤酒屋和咖啡屋等就大量合法流入東歐，尤其是波蘭和匈牙利；❽而這些合法的西方大衆文化的輸入，佔據了東歐一般人日常生活相當重要的部份，從而也創造了他們進一步的需求，而促成了非法輸入西方大衆文化的興起。

從八〇年代以來，臺灣的流行歌曲以及一些電視劇都曾先後在大陸尤其是沿海地區流行；大陸目前已有卡拉ＯＫ的流行，而一些臺灣歌手在大陸的演唱會也相當轟動成功，這表示臺灣的通俗大衆文化已經合法的輸入大陸，這可以幫助大陸民衆形成第二個生活空間，創造他們不同於以前的生活需要，這或許也可以反過來促使由中共掌控的大衆傳播媒體在製作節目或版面時，能力求變化和多元化，否則就有可能競爭不過來自臺灣、西方或甚至日本等國的節目和大衆通俗文化，其收視率、收聽率和閱讀率將會因此嚴重下降，甚至被羣衆所淘汰；而當一般節目或版面都必須改變時，將會連帶影響政治性節目、新聞和版面製作，而在這種情況下，大陸媒體也比較有可能以較多元化的方式來報導和處理臺灣新聞。

總之，期望大陸媒體能夠較多元而且大量的報導臺灣信息，這不能光靠對中共的政治性呼籲，而有賴中國大陸一般人的日常生活結構、公共領域的改變和整個社會第二經濟的出現才有可能；因此，思考兩岸資訊報導不平衡、不對等的問題，剛好可以讓我們找到未來大陸政策更進一步的著力點—亦即順勢促成中國大陸第二經濟、第二社會、第二個生活空間、第二個公共領域和自發性的社會溝通網絡的形成；如果我們的大陸政策能從這個著力點切入並產生效果的話，那就不只是兩岸資訊報導不平衡不對等問題的獲得解決，而更是兩岸社會更進一步同質化，以及雙方關係的更進一步發展。

註　釋

❶ 此處市民社會是採取葛蘭西（Gramsci, Antonio）的意義，意指社會的文化意識型態領域，而其與以國家機器爲主體的政治社會是一種互相滲透的辯論關係，請參閱 Gramsci, Antonio, Selections from Prison Notebooks, New York, 1971, p. 263, 70 , 12.

❷ 這幾類新聞是歸納中共人民日報大陸版和海外版，從民國七十七年元月迄八十年九月所得。

❸ Friedrich, C., Brzezinski, Z. (1956) Totalitarian Dictatorship and Autocracy. (New York: Praeger).

❹ Miklos Sukosd,' From Propaganda to "Oeffentlichkeit" in Eastern Europe. Four Models of Public Space Under State Socialism', Praxis International 10: 1/2 April & July 1990. pp. 39-43.

❺ Galasi, P., Sziracküzky, Gy. eds. (1985) Labour Market and Second Economy in Hungary, (Frankfurt & N. Y. : Campus). Hankiss, E. (1989) Eastern European Alternatives. (Oxford: Oxford University Press).

❻ Hankiss, E. (1987) The Second Society, (Budapest: Magveto).

❼ Miklos Sukosd, Opcit, p. 52.

❽ Ibid, p. 54.

中共對臺新聞發佈的研究

中時晚報資深撰述委員　楊　渡

序　論

一個國家政策的形成，一般而言是經由資訊、情報、資料之收集、分析與研判，再參酌相關與總體之因素，進而形成政策。中華民國的大陸政策亦不例外，乃是基於對大陸資訊與情報之收集、分析、研究、判斷，再參酌當時國內外之政治、經濟、文化、社會心理、政黨等因素，考慮利與不利之影響，形成決定。

資訊的來源以及民間的影響因素因而是重要的課題。在未開放大陸探親之前，大陸資訊乃是以「匪情研究」爲主，主要由情治機構及相關之研究部門所掌握，一般民間取得不易，包括經貿資訊亦然。❶開放探親後，則發生較大的變化。其一是資訊交流已改變原來的控制系統，而成爲較開放的資訊系統；其二是民間對大陸政策的影響力亦相對增加，決策的形成有時是基於民間要求、❷企業界之呼籲、❸事實之需要、❹事件發生時解決迫切性（如三保警案、閩獅漁事件等），如此，決策系統的影響性因素變得較爲複雜。諸種來自民間的因素所產生的作用，將在未來會因交流頻繁，衍生爲政策的推動力或壓力。而對大陸政策的認知，民間亦可能因資訊來源之不同，分析研判方法之差別，而與政府有所差距。王永慶認爲「大陸的投資不會與臺灣形成競爭，東南亞才反而是經濟競爭對手」，卽與政府所認知之「大陸逐漸成爲我出口產品競爭對手」有很大差距。❺

不同的認知緣於迴異的資訊來源、分析方法、考慮因素及研判標準。但是，無疑地中共的資訊來源是一個重要的因素，其中之重要資訊卽是中共的新聞發佈。本論文之目的卽在分析中共對臺新聞發佈的諸種因素，卽作爲資訊之一的中共對臺新聞發佈如何形成：誰在說話(who)？說什麼(what)？何種管道(in which channel)？對誰說(to whom)？以及有何效果？(with what effect)？此卽新聞研究中的五「W」模式。此一模式雖失之簡單，且是單向的線性的模式，但用於分析、宣傳卻有一目了然之效。❻

研究中共的對臺新聞發佈之所以重要在於中共的新聞有時是針對兩岸關係所作的報導、評論、反應，有時則是針對臺灣政局或所做聲明的一種反應（例如國統綱領、終止動員戡亂時期），有時則是一種「邀約式的喊話」（例如高層人士互訪），❼中共之新聞因而不能單純地視之爲新聞，而是一種政策宣示或對臺政策之表態，我方對此加以研究，則可以作爲政府部門或相關的發言單位（如新聞局）的一種研判，以期能決定我方應否作出反應？如何反應？由誰反應？將產生何種互動關係之影響。此爲必要研究原因之一。

在人類的交流中本以直接交流爲最不易出現誤解的狀況。但海峽兩岸的政治情勢使當政者直接交流成爲短期不易實現之事，在開放探親後，新聞交流日趨頻繁，兩岸的當政者在政策宣佈上已漸漸形成「互動模式」，此卽新聞之互動功能。舉例而言，一九九一年中共國務院總理李鵬政府工作報告中，本有「結束兩岸間敵對狀態」之字句，但是，由於我方在當時宣佈動員戡亂時期終止後未結束敵對狀態，並由郝柏村院長談話形諸報端，李鵬之報告乃由國務院臺辦人員加以刪除。[8]此卽可見出互動模式的隱然成形。在兩岸當政者無法直接溝通交流的現階段情勢下，在新聞發佈中互相喊話而形成的「新互動模式」，亦使我方有必要研究中共對臺新聞發佈所透露的訊息。

根據 Bernard Voyenne 理論，新聞學研究可以分爲「作爲歷史一部份的新聞學」，卽將新聞與當時法律、政治、文化並列齊觀；以及「做爲專門範疇的新聞學」，卽將新聞自身之歷史、形成作一專業領域來研究，「新聞是作爲一個整體來研究，而不是一個更大的總體中的一部份。」[9]但新聞研究不能孤立地處理，而是必須將訊息發佈者與社會活動間的諸種環節，作更爲深入的分析。新聞學者 Bernard Voyenne 稱之爲「一條具有內在連繫與特性的鏈條」，這鏈條的分析又必得包括幾個環節，卽「五W」之問題，這一系列問題適當地描述出從新聞發佈者、新聞內容、新聞管道、新聞對象及新聞效果的完整過程。本研究卽根據此一架構進行。[10]

然而，應該在論文前說明的是：由於中共對臺新聞發佈領域包括了各種面向（中央、地方、政策性、事務性、爭議性等），以致於量化的統計以個人研究之力尙難以進行，本論文應視爲一個初步的報告。更爲準確、量化的分析，實有待進一步的研究，同時本研究報告將因中共新聞發佈系統之封閉而加入了筆者從事新聞工作中得到的實際訊息與認知，做爲輔助證據，在中共封閉的新聞發佈系統中，某些事實及其決策系統是永遠不可能公開的，亦難獲中共證實，但作爲「中共對臺新聞發佈之研究」此一主題而言，這些實際的輔助證據又殊具重要性，因而有必要寫入以作爲參考。如果這一部份有錯誤，應歸結於筆者之責任。

誰在發言（who）——傳播者

在研究中共對臺新聞發佈時，首應回答的是此一問題，但卻是最難找到準確答案的問題。依中共之理論：「來自政府的上層輿論，不是以議論的形式出現，不像一般公衆輿論那樣分散、雜沓、多變。它反映國家意識形態，表現爲整個社會經濟觀、政治觀與思想體系。」[11]「一個稍有級別的行政官員發表的談話，在羣衆看來是代表上層輿論的被國家所控制的新聞媒介發表的各項政府公告、某些新聞、國家重大決策和領導人在正式場合的講話，更是政府輿論的集中體現。」[12]

從前述之觀點可知，在追究「傳播者」或誰在說話的問題上，我們無法將之視爲是個別的人在發言，而是一個總體，一個集團，或一個決策核心的「集中體現」。

在某些個別問題上，外界或可通過蛛絲馬跡追索一個歷史時期的發言者，從而在發言者的角色上，確認其身份與位置，並進而判斷其談話的重要性。例如鄧小平、鄧穎超、葉劍英、廖承志、楊尚昆、趙紫陽、胡耀邦、江澤民等。但他們不是爲個人在說話發言，而是「國家意識形態」的說明者、反映者。

但有時中共並不以個別領導人來署名發佈，反而是把領導人隱在機構後面，藉由某一單位之發言來傳遞領導人之旨意，一九五八年，八二三炮戰發生時，中共曾以國防部名義發表

「國防部告臺灣同胞書」共四份，分別在當年十月六日、十三日、二十日、二十五日。依據中共對臺工作人員的說法，這四份中有三份出自毛澤東手筆。在當時的情勢下，毛澤東基於何種考慮而以國防部名義對臺發佈已無由探知，但探究其發言之權威與直言「這一點周恩來總理在幾年前已經告訴你們了」是可以證明出自毛的手筆。再其次語氣中充滿了毛式的霸氣亦可證明。例如：「同胞們，我勸你們當心一點兒，我勸你們不要過於依人籬下，讓人家把一切權柄都拿了去。我們兩黨間的事很好辦。我已命令福建前線雙日不打……。」又例如：「我們都是中國人。三十六計，和爲上計。金門戰鬥，屬於懲罰性質。……」[13]

從中共臺辦較具資歷的人員口中，證實此四封信中，有三份是出自毛澤東手筆，此即證明：無論是出自何種部門、官員口中的可能訊息，都是作爲「國家意識形態的反映」，而當年毛是權力集中於一手，出於何種部門皆爲其意志之反映，如此即不難理解作爲像「告臺灣同胞書」的新聞發佈出自於國防部。

當然，此一「國家意識形態」是否準確無誤地讓「一定級別」的官員都清楚認知，是大有疑問的。傳播者的意志可能因認知差異而有時出現與「國家意識形態」相左的情況，或作出錯誤的判斷亦不無可能。但最爲關鍵處是「國家意識形態」是可能轉變或出現不同意志的，此時何者爲「國家意識形態」之準確無誤的反映就出現認知的差距。最有名的例子當屬八九民運時，中共中央總書記趙紫陽的意志與鄧小平或李鵬是不同的，對學生的處理意見亦不同，黨中央的分裂造成「國家意識形態」分裂，此時當以何人爲準就變成「一定級別官員」的困惑。因此，「被國家所控制的新聞媒介」就會因國家意識形態之分裂而分崩解體。

同樣的例子出現在對臺政策中則較少見，但亦有「表錯情」的情況。一九九〇年。中華民國總統大選中，中共發表「權威人士講話」，[14]試圖批評李登輝總統爲獨臺而左右臺灣之政局，引起朝野緊張，並加緊團結，最後終能平靜結束。據筆者做爲新聞工作者在北京採訪的了解，此一權威人士講話出自中共中央臺辦的手筆，當時辦公室主任爲楊思德，北京的政界人士咸認爲是辦公室的作業結果。[15]而事實上做出此一決定乃是必須經由楊尙昆同意才能進行。事後中共中央對臺工作領導小組曾對此進行檢討，最後得到的結論是：往後除非涉及兩岸事務之事，臺灣內政之選舉、政情（臺獨除外）之紛擾、經濟事務等，中共不再表示態度，以避免授臺灣以「干涉內政」之抨擊。

從傳播者的角色來看，則舉凡中共之主要領導人皆曾就「對臺政策」發表過談話。早期是葉劍英發表之九條建議、[16]鄧小平談一國兩制、[17]鄧穎超之接見日本參議員談話。[18]幾乎是與臺灣有關之部門、人員都發表過談話。計有：鄧小平、鄧穎超、宋慶齡、彭眞[19]、楊尙昆、[20]趙紫陽、李鵬、李先念、胡耀邦等。其中發表談話最爲頻繁者具有一定的代表性，發表頻繁者卽爲當時對臺工作領導小組負責人或其中成員，如鄧穎超、廖承志、楊尙昆皆爲負責人，中共方面對臺工作領導小組一直是不公開的，但從其談話頻率約略可見與對臺工作的關係，但這些問題恐因中共秘而不宣變成無法查證。

較爲明確指出的應該是，中共對臺重大政策轉變時，必然以機構的名義正式宣佈，並輔以各部門之「呼應式反應」。一九七九年元月一日，中共人民代表大會常務委員會發表「告臺灣同胞書」，首度提出和平統一之方針，繼之是「全國政協主席」鄧小平在政協座談會講話，中共國防部宣布卽日起停止炮擊金門、馬祖，中共民航總局、郵電部與外貿部相繼提出隨時準備同臺灣有關部門洽商通商、通航、通郵事宜。[21]這是「配套」進行的諸種事宜，顯示出這個新聞（告臺灣同胞書）是經過內部開會研商決定，且與各部門協商完成的行動。

同樣的情形見諸於葉劍英以「人大委員長」身分向新華社記者發表「九條建議」，[22]當時的「配套」措施即：鄧小平於二日後會見意大利衆議院議長尼德爾・約華時說明「葉九條」的政策方針，[23]同日，中共交通部、外貿部、郵電部、民航總局、旅遊總局、國家醫藥管理總局及紅十字總會等部門先後做出相關決定，準備隨時配合並提供恢復兩岸往來之條件。又過四日，中共福建省委常務書記表明，爲響應「葉九條」，福建可先辦四件事，包括閩臺兩地人民探親訪友應不受任何限制等。[24]十月九日，胡耀邦在各界記者辛亥革命七十周年發表講話時，表示可邀請蔣經國、謝東閔、孫運璿、蔣彥士等赴大陸看一看。[25]

從前述二例可見出，中共對臺政策若有大的變化，則將不會只是單一的一次聲明或談話報導，而是出之於「配套」（package）的領導人講話，部門間的配合，以及各種評論文章。

再以中共對民進黨列入臺獨黨綱前後的新聞來看，則有中共總理李鵬三次談話，[26]中共國務院副總理吳學謙、[27]中共國家主席楊尚昆、[28]中共國務院臺辦發言人唐樹備、此外政協副主席王任重及民主黨派主要負責人皆曾在各種場合發表反對臺獨之言論。而最爲嚴重的當屬江澤民以中共中央軍委主席接受華盛頓時報所做訪問時的表示。[29]「配套」進行的還有人民日報、瞭望、新華社等的評論文章以及學者座談和臺籍人士講話。此次中共黨政官員除鄧小平外，其餘皆已出面警告。

值得注意的是：這是葉劍英發表九條建議以來，首度有如此之多的不同身份的「傳播者」，針對同一主題發表談話，中共在此次新聞傳播中所欲表明的「國家意識形態」主要是

「反對臺獨，一個中國，」以及以前所未曾有的嚴厲措辭「玩火自焚」。

從上所述之例證，則中共之新聞發佈若依其傳播者（who）的範疇來看，則傳播之意識形態乃是「國家意識形態」，若非國家權力發生嚴重分歧如八九民運，否則不會產生傳播者的不同意識形態。當然，這是指中共官方主動發佈之新聞而言，而不是非中共媒體所進行之調查採訪或異議人士之訪問，或者是未署名消息來源之新聞。

嚴重分歧的意見在中共官方對臺政策的新聞發佈中未曾出現過，類如九〇年三月之「權威人士講話」是因反效果而遭致內部檢討，並非分歧之新聞發佈，因而中共新聞發佈是一個集團，一羣幕僚、一個領導中心所運作的產物。

新聞內容（what）

一般而言，新聞理論將新聞內容視爲是「一個連續性畫面中的一格」，即某一新聞內容若非放在事件的連續發展過程中，或將之視爲社會需要、社會心理需求的一部份反映，將無從理解某一新聞內容究何所指——此即新聞之針對性，故而比喻爲電影而非一幅畫。[30]

中共對臺之新聞發佈亦然，如前所述，既然傳播者是作爲國家意識形態之反映，其內容亦必得經過某一決策部門之審核與修訂。而對臺政策既屬中共中央臺辦與國務院臺辦，則對臺新聞之發佈悉數需經由國務院臺辦相關部門之審核與修改，再交其媒體發佈。依據筆者十餘次在大陸的採訪經驗，中共對臺的新聞發佈需經宣傳部門、主管部門、新聞部門等審核始予發表。重要之大事則先行開會，研究情勢與應如何反應、採取何種態度、發表幾篇評論文章、或由那一級別之官員發表談話等，都必須經過開會討論。例如對國家統一綱領之反應，對終止動員戡亂時期之反應皆是。

對新聞內容之推敲研究、新聞發佈方法應出之於領導人談話或評論是由集體做出決定，因而新聞內容應視為中共對臺政策中「宣傳」這一範疇的「連續性畫面」的一部份，而非孤立的。即使是白雲機場空難、三保警事件、閩獅漁事件、閩平漁事件等偶發性事件的文字描述、內容之處理等，皆是經由中共主管對臺事務部門（中臺辦、國臺辦）之手始予以發佈。三保警案中，中共表明「基於兩岸大局著眼」即是此種政策連貫性之考量。

從新聞內容來區分，則有如下幾類：

㈠政策性內容：主要指中共對臺政策，如早期之「和平統一、一國兩制」、「葉劍英九條建議」、「三通四流」到近期之「三通、雙向交流」。此類政策性新聞率皆由主要領導人如鄧小平、葉劍英、楊尚昆、中共中央臺灣辦公室出面發表。此外，李鵬在每年人大會的「政府工作報告」亦是政策性宣佈的所在。

㈡事務性內容：主要指兩岸間的諸種交流事務，如人員往來、偷渡、遣返、探親、新聞交流、經貿、文化交流、打擊犯罪、文書認證等等。兩岸間的事務性往來愈頻繁，則需要解決之事愈多，此類新聞中共大多交由職能部門負責對外發佈。例如文化部談文化交流，交通部談通航，經貿部談貿易與投資等。發言之層級雖不若對臺政策面高，但需與對臺政策負責部門（國臺辦或中臺辦）協調再予以發佈。

㈢反應性內容：主要係針對臺灣方面的有關政策與言論而作新聞反應。但由於如前所述，傳播者乃揹負「國家意識形態」之責任，需經開會、討論、定調子等，是以一般時效性較差，且反應之口徑一致。例如對國家統一綱領之反應、對終止動員戡亂時期之反應等是，而如若遭遇如「臺獨黨綱」之類的衝擊，其反應之模式會超越一般由職能部門發言之常態，進入主要領導人出言表態之狀況。

㈣爭議性內容：主要指海峽兩岸間交涉之爭端，特別是一些意外事件，例如三保警案、閩獅漁案、閩平漁案、鷹王號事件等屬之。此類爭議性事件大多在地方發生，且不涉及政策之範圍，故多由地方官員（如福建省臺辦）或職能部門（如農業部）發言。[31]

以上四類主要是中共官方發言之新聞內容分類，至若作爲新聞輔佐之「評論」，如人民日報社論、新華社文章、瞭望雜誌之評論等，主要是作爲主新聞之輔助，或作爲中共對臺灣某些事務反應之方式。

新聞管道（in which channel）

新聞管道一般意指傳播者經由何種媒介將其訊息發佈出來，管道通常指電臺、電視、通訊社、報紙、雜誌等。[32]中共對臺新聞發佈的管道，在早期以電臺爲主，[33]主要訊息通過對臺廣播來傳播給臺灣民衆。但由於兩岸之間皆以頻率互相干擾，中共之新聞發佈能到達多少人耳中，根本無法估計，但在開放探親以前，它確是報紙轉述之外的唯一直接管道。

報紙是開放探親前的另一管道，但由於是轉述，因而準確性是與臺灣開放的程度成正比。在傳播學中，交流愈直接則準確性愈高，但中共對臺發佈新聞只能刊載在其官方媒體或新華社所發佈之新聞中，再經由香港、臺灣媒體予以轉載，轉載單一消息是片面的，因而新聞處理上一般加上學者評述及官方之反應。例如一九八一年九月三十日，中共人大常委會委員長葉劍英發表九點建議時，新聞局長宋楚瑜卽以政府發言人身份發表評論：「中共由葉劍英出面發表所謂『和平統一』的談話，基本上還是統戰宣傳」㉞。

一九八七年，與開放探親同時發生的解除報禁帶來新聞的開放。同時有大量記者以觀光探親名義赴大陸，臺灣終於能以自身的觀點去看大陸。再加上海內外學者、民意代表、商人、政界人士絡驛往返於海峽之間，遂使大陸的對臺新聞發佈管道變得複雜起來。

從管道的複雜情況來分析，可分類如下：

㈠中共官方之新聞媒體。中央電視臺、中央人民廣播電臺、海峽之聲廣播電臺、中新社、新華社、瞭望周刊、人民日報等。此類媒體爲中共官方之新聞發佈機構，功能在於代表「國家意識形態」而具有權威性及準確性。

㈡臺灣記者之採訪。臺灣記者之採訪有階段劃分，六四之前，只要持臺胞證卽可進入大陸，然後再進行申請採訪證之手續。六四事件及黃德北事件後，中共對臺灣記者的政策顯然緊縮。爲強化國家意識形態之控制，任何官員非經上級同意不得接受採訪，不接受越洋電話採訪，以及臺灣記者應先向香港新華社申請採訪證之後，再持採訪同意書向香港中國旅行社辦理臺胞證。㉟但無疑地，臺灣記者仍是中共發佈對臺新聞的新管道，某些新聞在中共相關人員有意或無意之間透露，某些政策之轉變亦需要中共官員向臺灣記者說明。例如曲折與莊仲希擬於一九九一年八月初來臺，其時又因臺北強烈指責中共干涉司法審判，對閩獅漁事件涉案人員擬進行「協商案情」，中共國臺辦綜合業務局局長鄒哲開對此立卽召開記者會說明中共之原則，㊱無意干涉司法云云。此外，楊尚昆接受中國時報總編輯黃肇松之專訪亦是一例。

臺灣記者在大陸的角色亦令中共既需要又害怕，做爲宣傳之管道，中共需要此一管道，但是若是處理不愼則可能變成對記者「洩密」，或是「犯了錯誤」而受到內部懲罰。這也使得記者在發佈大陸新聞時，消息來源無法署名，以及消息常常出錯的原因所在。但無疑地，中共已懂得使用此一新聞發佈之管道是可以確定的。

㈢香港之傳播媒體。香港之傳媒如文滙報等親中共報刊，一些對臺的評論文章會在此發表，應視爲中共發表新聞評論之輔助性管道。此外尙有其它報刊雜誌亦會發佈相關新聞，但有時會出現錯誤訊息。「南華早報」報導中共五年攻臺計劃卽爲一例，㊲次日卽爲中共官方所否認。此外如八九民運時報導李鵬下臺亦是一例。香港地位處於臺灣與大陸之間，中共曾倡言「香港模式如果成功就是對臺灣最好的範例」，自港人立場言，兩岸關係若是走得太快，香港失去其「樣板」地位，香港是否會因恐懼中共改變其政策而發佈某些新聞？其心態如何？又或者這是中共的「反面」手法，故意放出的風聲？都殊堪玩味，但不在本文詳論之列。

㈣二手傳播。大量的學者、民代、政客、商人赴大陸所帶來的影響甚難估計，但二手傳播卻是最爲顯著的。最著名的當屬鄧文儀與鄧小平見面返臺後所轉述的「三年統一時間表」。學界如楊力宇、熊玠、阮次山等人，政界較著名的爲尙潔梅聲稱帶楊尙昆邀黃信介訪大陸的親筆函，此外如林鈺祥、謝學賢、張平沼、張世良等，皆曾扮演過二手傳播之角色。中共是否有意藉此以解釋其政策，吾人不得而知，但在轉述中重申其理念，則是無可置疑的。然而，二手傳播亦可能錯誤，例如鄧文儀的「三年時間表」就是一個例子。

以上所述乃是主要發佈管道，若從中共之角度看，後三者並非其所能控制之範圍，但對其政策說明的新聞效果言，亦逐漸形成管道，只是不若官方媒體之正式。此外尚有國際通訊社所發佈之新聞，但由於中共官方並不視此爲對臺新聞發佈之主要管道，在訊息量上亦佔較少比例，故不贅述。

受衆（to whom）與效果（with what effect）

在自由經濟國家對「受衆」的研究首先是透過銷售數量及讀者組成結構的調查。[38]掌握銷售量並確定其接收者的總數。但是此一最初步的受衆研究方法明顯的在中共對臺新聞發佈中行不通。中共之新聞是通過臺灣媒體之轉載或再處理始予公佈，經過這一層處理則各媒體有其選擇與解釋，新聞處理之位置、版面、標題、字數、配合之評論等都涉及受衆對訊息的認知。如此即難以確認何者是受衆所接收的訊息？是否與原傳播者意義有歧異？文字媒體如此，在「小耳朶」或電臺中所接收之訊息就更難確認有多少受衆。

然而，受衆在中共對台新聞發佈系統中並非如一般文字媒體的讀者一樣，可以依市場銷售量測知，而是有其針對性的。作爲「國家意識形態」之反映的新聞亦隨著中共對臺政策有所調整，從「寄希望於臺灣當局」到「更寄希望於臺灣人民」，[39]從「第三次國共合作」到以臺灣人民爲宣傳工作重點的「一個中心三大重點」，[40]俱爲中共對臺工作方向的轉移。此種轉移將影響新聞發佈之方向。

中共新聞發佈的預設受衆因而不一定是針對全部民衆的，有時是對「國民黨執政當局」

施加壓力(例如：吳學謙警告國民黨當局不可縱容臺獨活動)，有時針對特定人士如臺獨（例如楊尚昆強調：「我要正告那些熱衷搞臺獨的一小撮分裂主義份子，」）。[41]此外亦有針對特定對象而發，例如江澤民在會見立委張世良時邀約「李登輝先生」到大陸來看看，或派人來接觸。[42]而就新聞傳播效果而言，某些談話亦形成「互動反應」的模式。舉例如下：

一九七九年元旦，中共人大常委會發表告臺灣同胞書，元月三日，蔣經國總統在中常會聲明絕不能相信也不能上當。元月十一日，孫運璿行政院長發表聲明「和平統一是全中國人的願望，但中共應放棄社會主義制度。」

一九八一年，葉劍英發表九點建議，同日新聞局長宋楚瑜即聲明：「基本上還是統戰宣傳」及「應統一在一種自由民主和一種能造福人民的制度下。」

一九八二年七月二十四日，廖承志發表致蔣經國總統的信，並表示他願往臺灣探友。七月二十七日，外交部發言人說：「不接受任何中共官員來訪。」

這種政策性的互動模式乃是藉由新聞媒介來作出反應，今日亦有許多相似之處。例如：高層人士之邀訪、國統綱領之反應等。這些是兩岸執政當局在發佈新聞時向針對性受衆的談話，因而形成互動。至於其它的受衆，例如民間對中共對臺政策的認知程度、對中共政權之認知、對中共新聞之信任度等，則有待更爲科學的量化的分析，民意測驗是最常使用的方法，但目前有關對中共新聞之民意測驗尚付諸闕如，因而有待進一步的研究才能確認中共新聞發佈之效果 (to what effect)。當然，有關之民意測驗如民間對中共是否會對臺動武，或民間認爲兩岸應否談判等，[43]曾有過民意調查，但它涉及兩岸新聞並非直接傳播，中間經由各種媒體之解釋與處理，何種「效果」始代表中共新聞發佈之影響力，需要更爲精準的測驗才行，貿然引上述民意測驗爲例證，對效果（effect）的判斷恐失之武斷及片面。若就政府常常引述之「中共統戰宣傳」角度言，則如何估計其效果並加以量化就愈形重要了，而如果無此研究，對中共「以民逼官」之策略效果也就缺乏具說服力的證據依據。

結論

嘗試由新聞學研究之方法解析中共對臺新聞發佈，我們可以發現如下幾個問題：

㈠兩岸對語言的使用與認知存在歧異性。從社會語言學理論言，任何一種語言皆有其所屬之社會環境與經濟基礎，海峽兩岸隔絕四十餘年，造成兩種社會制度，從而具有迥異的語言社會環境，因而在語言的認知上存在著差距，乃爲不可否認之事實。此種事實不僅爲人們所熟知，並且凡赴大陸進行交涉者（如海基會）皆深有體會。語言社會環境之差異造成兩岸認知誤解的事例，最爲明顯的是交涉閩獅漁號過程中出現的問題。中共方面在派曲折來臺中使用「就案情雙方不同的意見進行協商並尋求解決」之字眼，[44]我方陸委會方面則視之爲「干涉司法審判，案情不容協商」，[45]稍後中共國臺辦綜合業務局局長鄒哲開於八月八日上午舉行記者會，口頭宣讀傳眞信函澄清中共派曲折等二人來臺是「了解情況」而非協商案情，臺灣認知有差距，「協商是意指十一位送回大陸之船員的時間與方式。」[46]僅止「協商案情」、「協商返鄉方式」、「了解案情」、「了解情況」即造成如此「干涉司法審判」之喧然大波，兩岸在做爲溝通工具的語言使用上所造成的差距不可謂不大。

而語言使用所代表的政治上的「份量」則更難以估量。例如王兆國言：「臺灣與大陸都是中國的一部份」是代表地理的概念、歷史的概念或文化的概念，甚難清楚分析。而如果用於政治上，到底是「一個中國有兩個地區」或「一國兩制」或「一國兩府」，都大有問題。更何況一些名詞之使用定性未明，以致於認知歧異頻生。這是兩岸交流、新聞語言、政治語言使用中最常見者。有時是由於名詞本身就模糊，有時則是語言的問題，但更多是名詞背後所蘊涵的概念模糊所帶來的結果。

(二)中共作爲傳播源並不開放透明。許多新聞的解釋不足，查證無門，最後只能流入揣測與謠言不分，事件模糊化的結果。例如鄧文儀的三年時間表並無人具名否認，此外像香港的一些語言到底眞實性如何亦無從查證。中共的「國家意識形態」反映論所造成的乃是一個隱晦不明的新聞源及缺乏政策解釋功能的結果。舉例而言，中共於一九九一年六月七日發表中共中央臺灣工作辦公室負責人提出三點建議，其重要性殆無可置疑，但由於缺乏解釋系統，外界根本無由得知其背後意涵。此一意涵直到林鈺祥於六月九日接受訪問談及此一聲明，才了解原來有關武力犯臺、國際定位問題都可商談，需要談判加以解決，[47]談判中包括放棄武力犯臺必須簽署停火協定等。這應算是對行政院長郝柏村對停火協定建議的公開反應。然而由於中共缺乏解釋功能，解釋的歧異乃因之四處橫生。

若從臺灣的立場而言，則如何理解這一套新聞發佈系統，並解決其中意涵也變得格外重要，否則極易因對中共發言的錯誤估計，做出過度或過弱之反應。這也就回復到本論文開頭所論及如何評估中共之各種資訊，以做爲大陸政策參考之依據的論點，要言之，建立對中共對臺新聞發佈之 who, what, in which channel, to whom, with what effeat 的「五W」的意義與分析，實屬必要之政策輔助。

註釋

❶ 周陽山，「從匪情研究轉變爲大陸研究」，一九九一年五月二十六日，自立晚報。

❷ 開放探親後不斷出現呼籲大陸親屬可以來臺定居，以及通婚後可來臺定居，皆爲案例，此外大陸客來臺後懷孕生子可留下定居亦然。

❸ 企業界對經貿之需要，見一九九〇年，張平沼之「經貿協調會」報告，及張世良「工業考察團」之談話。

❹ 「事實之需要」例證可證諸金門談判解決偷渡客遣返事實。

❺ 十月十一日，中國時報。

❻ 「五W」模式係引自法國新聞學者 Bernard Voyenne 之著作“Information”，一九七九。Paris，唯五「W」模式又稱「拉斯韋爾」公式，是一較簡單之單向線性模式，詳見高宣揚著「西方大衆傳播學」，一九九〇年，遠流出版公司。

❼ 見六月七日，中共新華社之中共中央臺灣辦公室負責人談話之「三點建議」。

❽ 三月二十五日，中時晚報。

❾ Bernard Voyenne, “Information”, CH 10, 一九七九, Paris。

❿ 同前註。

⓫ 劉建明，「當代輿論學」，陝西人民教育出版社，一九九〇年一月。

⓬ 同前註。

⓭ 毛澤東以國防部名義所發表之告臺灣同胞書共四份，據中共相關人員證實，十月六日、十月十三

日及十月二十五日爲毛之手筆。

⑭ 新華社，一九九〇年三月七日。

⑮ 見「中國時報」一九九〇年三月二十五日，楊渡「柳暗花明的兩岸變局」。

⑯ 葉劍英發表九條建議，一九八一年九月三十日。

⑰ 鄧小平多次談及，最重要一次是會見英國首相柴契爾夫人時提出，一九八四年十二月十九日。

⑱ 鄧穎超於一九七九年一月十一日會見日本參議院代表團時談及。

⑲ 彭眞，一九八六年十一月十二日在紀念孫中山誕辰一百二十周年大會上講話。

⑳ 楊尙昆，一九八七年五月二十六日在洛杉磯談臺灣問題，這是他首度對此發表對外談話。

㉑ 見一九七九年新華社報導。

㉒ 葉劍英於一九八一年九月三十日發表九條建議。

㉓ 新華社，一九八一年十月二日。

㉔ 福建省委書記於一九八一年十月四日發表談話，表示爲響應葉劍英之號召，福建省可配合辦四件事，分別是：(1)福建與臺灣兩地立卽開始接觸，交換意見；(2)閩臺兩地人民探親訪友，應不受任何限制；(3)歡迎臺灣同胞到福建定居，保證來去自由；(4)歡迎臺灣工商界人士到福建投資，發展貿易經濟，享受祖國各種優惠。詳細註明，乃是由於一九八二年的配合措施，而今一一應驗。

㉕ 一九八一年十月九日，胡耀邦在「首都各界紀念辛亥革命七十周年紀念會上講話」。

㉖ 李鵬三次對臺獨之發言爲一九九一年九月十二日接受義大利「時代周刊」訪問，十月十五日會見義大利總理及九月三十日慶祝中共「國慶」之講話。

㉗ 吳學謙講話在九月三十日「港澳辦公室」、「國務院僑務辦公室」、「臺灣事務辦公室」聯合擧行的「國慶」招待會上。

㉘ 楊尙昆談話是於十月九日，在「紀念辛亥革命八十年」的場合中。

㉙ 江澤民是於十月底接受華盛頓時報專訪。文見十一月二日，中國時報。
㉚ 同註❾。
㉛ 見閩獅漁事件時，中共農業部發言抨擊臺灣是「誣良爲盜」。
㉜ 同註❻。
㉝ 見「回顧與展望」，社科院臺研所編，時事出版社發行，一九八九年九月。
㉞ 見一九八一年十月一日，中國時報。
㉟ 見一九八九年七月十五日，中國時報。
㊱ 一九九一年八月八日，中國時報。
㊲ 香港「南華早報」報導中共五年攻臺計劃，時在一九九〇年九月十九日，是日中共國務院臺辦副主任旋卽接受中國時報總編輯黃肇松訪問，明確否認此一傳聞。
㊳ 「銷售量」作爲受衆之調查，主要是文字媒體。
㊴ 楊尙昆會見王桂榮等旅美臺胞之談話，原載臺聲雜誌，一九八八年一期。
㊵ 見一九九〇年七月十二日，中國時報。
㊶ 見一九九一年十月十日，聯合報。
㊷ 見一九九〇年六月三十日。
㊸ 一九九〇年五月，蓋洛普民意測驗。
㊹ 一九九一年八月七日，聯合報。
㊺ 一九九一年八月十三日，聯合報。
㊻ 一九九一年八月十三日，中時晚報。
㊼ 一九九一年六月九日，自立早報。

中共「中國記協」與「中國新聞學會」比較研究

中國時報大陸新聞中心副主任 張所鵬

共產黨理論始祖馬克思曾經說過：『新聞檢查使受檢查的出版物起敗壞道德的作用。最大的罪惡——僞善，是同它分不開的；它非但一無可取，還派生出醜惡的劣點——消極性。政府只聽見自己的聲音，它也知道它聽見的只是自己的聲音，但是它卻欺騙自己，似乎聽見的是人民的聲音，而且要求人民擁護這種自我欺騙。至於人民本身，他們不是在政治上有時陷入迷信，有時又什麼都不信，就是完全離開國家生活，變成一羣只管私人生活的人。』❶

這段話原是馬克思批判普魯士封建反動勢力實施新聞管制的惡毒用語。不過，時至今日，馬克思的寓言卻成了絕大的諷刺。被馬克思斥爲資產階級政權的國家，不但沒有實施強制性的新聞檢查，反而新聞事業成爲監督政府的「第四權」。但在共黨國家中，新聞檢查制度大行其道。政府所聽到的只是自己的聲音，不但聽不到人民的聲音，還要求人民支持它的虛僞。馬克思一百五十年前的寓言，竟然完全應驗。❷

把馬克思批判新聞檢查制度的這段話用在本文前，是有其道理的。這說明，在不同的政治制度下，新聞制度也是迥然不同的，而「中國記協」和「中國新聞學會」本身就反應了兩種不同新聞制度的根本差異。或許論者可能認爲這種寫作方式有預設立場的嫌疑，但筆者卻認爲，共產主義與民主政治下新聞制度的不同是本文的前提；如果我們不先設定這個前提，則「中國記協」與「中國新聞學會」的比較結論必然回歸到兩種制度差異的前提上，這就犯了邏輯思維程序上的錯誤。這個問題的正確看法應該是：因爲民主政治與共產主義下存在兩種不同的新聞制度，因此「中國記協」與「中國新聞學會」存在不同的組織功能與任務；而不是從分析這兩個組織結構功能的不同，最後導引出共產主義與民主政治下存有兩種不同的新聞制度結論。

本文卽在這個前提的導引下，分別介紹「中國記協」與「中國新聞學會」的歷史沿革、組織、任務比較，以及在改革開放和現階段兩岸關係下「中國記協」的角色與實際作爲。

一、記協與中國新聞學會的歷史沿革

一九三七年十一月八日，一個名爲「中國青年記者協會」的組織在上海成立，這也就是「中華全國新聞工作者協會」（簡稱「中國記協」）的前身。「青記」成立後隨卽發展各地組織，相繼在上海、武漢、桂林、延安、太行、晉察冀、晉西北、呂梁、蘇北、華南、成都、昆明以及香港等地，建立了二十五個分會。中共中央爲了加強對「青記」的領導，還指派何雲、陳同生等人，分別設立「青記」北方、南方兩個辦事處，積極發揮「青記」組織。當時，「青記」會員達兩千餘人，成爲一支頗具影響力的新聞工作隊。❸

一九四一年四月，國共爆發「皖南事件」，國民政府下令封閉「青記」總部，禁止「青記」活動。按照中共的說法，國民黨係因「懾於中國青記的政治聲望和影響」，才下令解散「青記」。❹

中共政權從一個地下黨開始，就極爲重視新聞宣傳工作。例如一九三一年，中共中宣部部長張聞天在上海設立「中國工人通訊社」，亦卽中共「臨時通訊社」，以及同年十一月成立的「紅色中華通訊社」，亦卽「新華社」的前身。一九三七年一月，「紅中社」正式更名爲「新華社」，各地分社亦紛紛成立，如「太行分社」、「晉西北分社」、「山東分社」、「太岳分社」、「華中分社」等。各分社與當地報紙結合，負責戰地報紙採訪的通訊工作；並且與共黨本身的組織結合，擔任搜集及宣傳中共黨中央的政策，以及發佈中央機關報「新中華報」的社論。❺

「青記」的發展，從時間上看，恰在「新華社」成立的當年年底，它是支持中共的左報橫向聯繫的一個組織，爲左報記者提供了工作、學習、生活上的支援。據「中國記協五十年」記載，「青記」各地分會的活動十分活躍，影響日益擴大。❻當然，這應該是「皖南事件」（亦卽新四軍事件）爆發後，「青記」總部被封，禁止活動的原因。

一九四九年七月，中共取得內戰的絕對優勢後，中共更進一步發展新聞事業，以作爲加強對人民意識形態與黨意的宣傳與控制。在這層考慮下，中共新聞界領導人和知名人士胡喬木、胡愈之、廖承志、范長江等人，於一九四九年七月在北京成立了「中華全國新聞工作者協會」籌委會。同年九月十五日，這個組織被國際新聞工作者協會接納爲會員。據「中國記協五十年」記載，「這時，中國記協籌委會和分布在各地的組織，卽以新的姿態出現，吸引

廣大新聞工作者團結在黨的周圍，不斷改進新聞宣傳工作，全力以赴報導我國社會主義革命和社會主義建設。」❼

一九五七年二月，中共當局爲了使新聞界的國內、國際活動有組織、有領導地進行，正式成立了「中華全國新聞工作者協會」，並明確肯定「中國記協」是「全國性的正式的新聞工作者組織」❽。

中共「中國記協」成立後，受到黨中央及周恩來、陳毅、胡喬木等要員的親切關懷，各地方記協與專業記協紛紛成立，但到了文革期間，由於「中國記協」的領導成員如鄧拓等遭到迫害，記協與地方組織都被迫停止活動，直到一九八〇年八月才恢復活動。❾

相對於「中國記協」而言，「中國新聞學會」的成立經過則顯得單純多了。該學會組織始於南京，但因抗戰軍興，南京淪陷後，其名義爲漢奸盜用。國府西遷重慶後，一九四一年三月十六日始重新成立「中國新聞學會」。❿

「中國新聞學會」的成立也有基於共同信仰的成份，報人對於抗戰建國的使命感，但除了這種對三民主義的信仰與大時代所賦予的使命外，更重要的是「必須完成中國特有之新聞學」的新聞學術使命⓫。蔣中正先生在民國三十年三月十六日「中國新聞學會」成立大會的致詞中，雖也強調了新聞工作者的時代使命，但更期勉學會「砥礪報業之道德，維持報界之榮譽」⓬。此一歷史沿革，使得「中國新聞學會」到政府遷臺後，逐漸走向一個「新聞學理與實務整合研究」性質的組織，同時，它更強調了新聞道德、培養新聞從業人員自律精神與專業學養的機構。

民國五十四年四月二十六日，全國新聞傳播界代表在臺北市中山堂召開「中國新聞學會」會員大會。該學會在臺延續民國三十年成立之初的宗旨，拓展會務，以迄於今天。[13]

二、記協與中國新聞學會的功能比較

就共產黨的意識形態而言，道德上的善，就是對歷史進程的俯首貼命（the ethical good was reduced to conformity to the historical process）[14]。這也就是說，當人類的歷史進程在朝向共產主義社會過渡期間，評價一個共產黨員道德上善與惡的標準是目的而非手段，只要目的是合乎歷史唯物論的要求，他所使用的手段本身是善是惡都根本不重要[15]。

同樣的道理，「中國記協」成立的宗旨也充分反映出共產黨意識形態下對歷史進程俯首貼耳的道德觀。一九八〇年，「中國記協」在歷經文革浩刼後恢復活動，八三年召開理事代表會，明確規定了記協新的章程，其宗旨是：「團結廣大新聞工作者，貫徹執行中國共產黨在新的歷史時期提出的總任務、總方針，為建設具有中國特色的社會主義，實現祖國統一，反對霸權主義，維護世界和平，充分發揮新聞工作的宣傳、鼓舞和組織作用。[16]」

根據上述組織宗旨，「中國記協」在一九八三年理事會所通過的任務有七條，分別是：

一、推動新聞工作者學習馬列主義、毛澤東思想和中國共產黨的路線、方針、政策、總結和交流新聞工作經驗，加強新聞理論和新聞實踐的研究，推進新聞改革、發展和繁榮社會主義新聞事業。

二、協同中央新聞單位、地方記協和專業記協，組織新聞幹部的教育和培訓工作，提高新聞工作者的素質。

三、團結各民族新聞工作者，鞏固黨和非黨新聞工作者的親密關係。加強同臺灣省、港、澳地區以及海外愛國新聞工作者和新聞團體的聯繫、交流與合作。

四、維護新聞工作者的正當權益，及時向有關部門反映新聞工作者的呼聲和意見。舉辦有益於新聞工作者身心健康的福利事業。

五、關心老新聞工作者，鼓勵他們繼續爲新聞事業從事力所能及的工作。

六、增進同各國特別是第三世界新聞工作者的友好往來，學術交流和合作關係。

七、加強與駐我國的外國記者聯繫，爲他們的工作提供便利條件，幫助他們更好地了解和報導我國各方面情況[17]。

從「中國記協」的宗旨與任務來看，它顯然把黨的意識形態和政策置於指導地位；當然，「中國記協」也有研究、聯繫新聞工作者的功能，但這些任務顯然是次要的。這一點與「中國新聞學會」的任務有很大的差異。

「中國新聞學會」的宗旨依民國七十七年十二月二十日修正的章程，明定爲「研究新聞學術，培養健全輿論，提高新聞道德，促進新聞事業合作發展，善盡社會責任」[18]。其任務有七項，分別爲：

一、關於新聞學理與實務之整合與研究。

二、關於促進新聞事業健全發展與合作事項。

三、關於提高新聞道德，增進新聞從業人員自律精神與專業學養。

四、關於聯繫新聞傳播事業，促進文化、心理建設，發揮社會教育功能，增強公衆服務。

五、關於新聞從業人員之研究進修及專長分類。

六、關於國內外有關新聞學術團體等之聯繫。

七、關於新聞書刊之徵集、著作、編譯、發行等。[19]

從「中國記協」與「中國新聞學會」的宗旨與任務比較分析，除了意識形態部分外，「中國記協」比「中國新聞學會」主要多了三個任務，亦即「中國記協」任務中的第二、第三與第七項。其中第二項涉及組織，由於「中國記協」是全「國」性的組織，還有地方與專業記協，「中國記協」自然也就負有協調的工作。第三項則可視爲「中國記協」的「統一戰線」工作，其國內部的「港澳臺處」近年來在服務港、澳、臺三地的記者工作方面確實著墨不少。第七項則歸「中國記協」的國際部負責，其服務對象主要是各媒體或通訊社駐北京的記者。這三項都超過了「中國新聞學會」所負的任務。

從任務比較上看，「中國記協」比「中國新聞學會」來得更爲繁重，但這也涉及組織問題，這也就是第三節所要討論的問題。

三、記協與中國新聞學會的組織功能比較

「中國記協」與「中國新聞學會」就組織性質來看，兩者都是「人民團體」。前者是「全國各省、市、自治區新聞工作者協會和新聞學會、各專業記者協會以及其他新聞專業機構、新聞從業人員聯合組成的全國性人民團體[20]」，後者則是「由中華民國大衆傳播媒體各從業

人員所組成的一個人民團體。㉑」不過，兩者雖然都是「人民團體」，但其實際組織卻有大壤之別。

就組織結構看，「中國記協」比起「中國新聞學會」顯然要龐大多了，其由下而上的組織結構爲：會員—理事會—主席團，主席團任命書記若干人組成書記處，協助主席團處理日常工作，並設若干工作部門推動實際業務。此一組織結構和中共的黨組織結構基本上是一致的。

「中國記協」的會員分爲團體會員和個人會員兩大部份：㉒

一、團體會員：

1.各省、市、自治區新聞工作者協會、新聞學會、全國性專業新聞工作者協會。

2.中央級報社、通訊社、廣播電台、電視台、全國性的新聞攝影、新聞教育與研究機構。

二、個人會員：

凡多年從事新聞工作，現已調離新聞工作崗位，或已離休、退休、本人自願繼續從事力所能及的新聞工作，或積極支持和關心新聞事業，並承認本會章程，交納會費者，可申請爲個人會員。

從會員的組織章程看，「中國記協」完全以團體會員爲主，當然也有少數個人會員，但因個人會員不代表新聞媒體，因此毫無影響力。在團體會員方面則包括：

一、地方及專業記協：北京、天津、河北、山西、內蒙、遼寧、吉林、黑龍江、上海、江蘇、浙江、安徽、江西、福建、湖北、山東、河南、廣東、廣西、四川、湖南、陝西、雲南、貴州、西藏、甘肅、青海、新疆、寧夏等廿九個新聞工作者協會；以及中國體育記者協會、氣象系統記者、科普記者、水利電力記者、煤炭系統新聞工作者、化工新聞工作者、經濟新聞工作者、首都老新聞工作者、林業新聞工作者、衞生記者、首都財貿記者、女新聞工作者、法制新聞工作者、冶金新聞工作者、教育新聞工作者、青年編輯記者協會，及中國新聞攝影學會等十七個會員。㉓

二、中央級、全國性媒體機構：人民日報、新華社、中央電視臺、解放軍報、經濟日報、光明日報、工人日報、中國日報（英文）、中國新聞社、農民日報、中國青年報、中國少年報、中國兒童報等媒體。㉔

以團體會員爲主的「中國記協」，其最高領導機構爲全國理事會，理事由團體會員推選產生，任期四年，每兩年開會一次。全國理事會選舉產生主席團，設主席一人，副主席和委員若干人。主席團爲全國理事會的常設機構，負責推行全國理事會的決議，領導「中國記協」的工作。因此，嚴格的說，「中國記協」的權力核心應該是主席團。㉕

「中國記協」主席團並任命書記若干人組成書記處，協助主席團處理日常工作。書記處下設若干工作部門，實際推動「中國記協」的業務，實際領導者爲書記處。根據一九八三年記協理事會章程並未明定工作部門的名稱，但在一九六〇年的章程中則明定的工作部門爲：(1)國內工作部，(2)國際聯絡部，(3)新聞戰線編委會，(4)辦公室。㉖

從上述「中國記協」的組織結構看，可以整理出其組織結構圖如下：

中國記協組織圖：

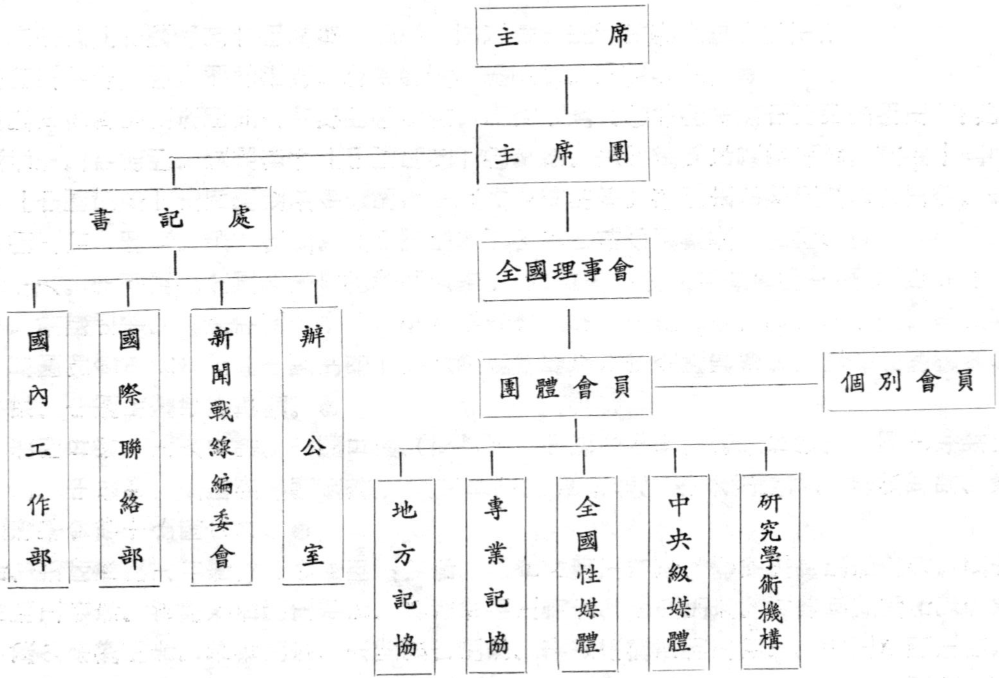
主席
主席團
書記處
全國理事會
國內工作部
國際聯絡部
新聞戰線編委會
辦公室
團體會員
個別會員
地方記協
專業記協
全國性媒體
中央級媒體
研究學術機構

「中國新聞學會」組織圖：

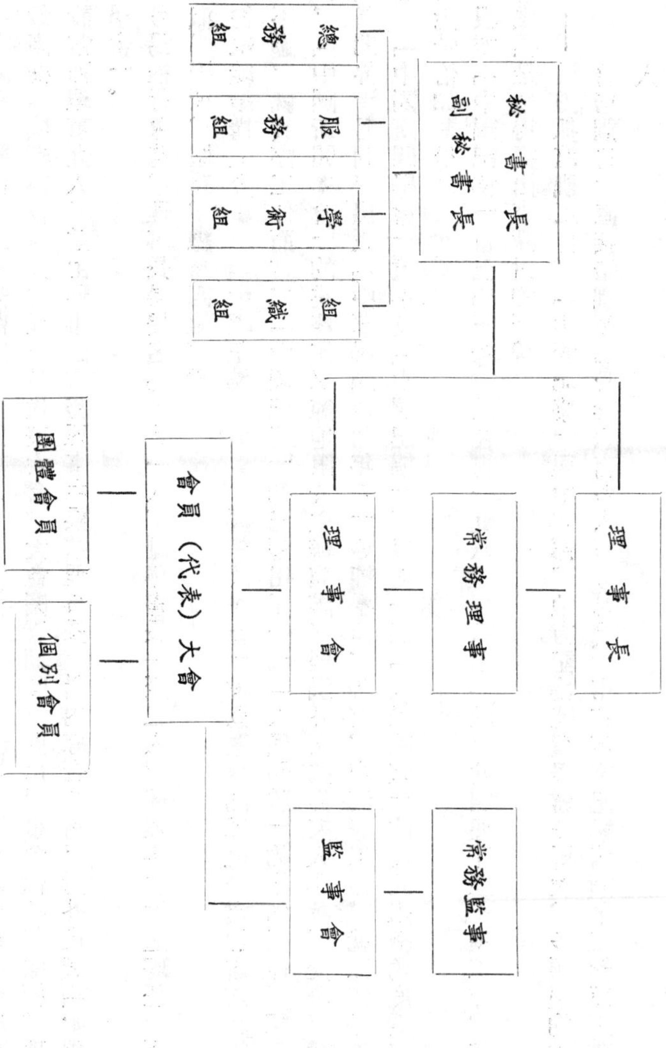
理事長
常務理事
理事會
秘書長
副秘書長
組織組
學術組
服務組
總務組
會員（代表）大會
團體會員
個別會員
監事會
常務監事

「中國新聞學會」的組織也以會員爲基礎，會員包括：個人會員、團體會員、榮譽會員。最高權力機構爲會員大會或會員代表大會。大會閉幕期間，則由理事會代行其職權。理事會設常務理事九人，並由理事就常務理事中票選理事長，對內綜合會務，對外代表「中國新聞學會」。

另爲推行會務，理事長得提名秘書長一人，副秘書長一至二人，經理事會通過聘任，下設組織、學術、服務、總務四組。[27]

從組織結構上分析，「中國記協」與「中國新聞學會」推動業務的單位是書記處或秘書長。不過，就實際工作而言，「中國記協」卻已超出了一個「人民團體」的份內工作；相對而言，「中國新聞學會」的業務僅單純地限於主辦演講，與國外新聞界友人聯誼、交流，發行「新聞界」月刊，出版「中華民國新聞年鑑」等純學術、聯誼、交流等工作。就工作任務來看，「中國新聞學會」遠不及「中國記協」；但從一個「人民團體」的民間組織角度看，應可說是恰如其份。

根據「中國記協」自己的記錄，該會自一九八〇到八七年間，共開展了二十項工作，其中有幾項是値得提出來探討的：[28]

——大力抓培訓工作。「中國記協」與中宣部、地方記協陸續舉辦多層次、多類型的業務培訓班，直接培訓領導骨幹六百多人，各省、市和專業記協培訓業務幹部三萬人。

——緊密配合當前宣傳中心，組織四十多次全國性易地採訪報導活動，推動了改革、開放的宣傳報導。

——先後派出中央和地方新聞單位的新聞工作者三百八十餘人次，訪問了世界八十多個國家，向國外宣傳了「新中國」的成就。

——負責聯繫九十多個外國新聞單位一百四十多名駐北京記者的採訪報導工作。

——自一九八三年底開始，舉辦了三百餘次國家領導人、部委負責人、專家、學者等與外國記者的新聞發佈會。

——加強了同港澳臺新聞工作者的聯繫，接待港澳記者一千多人次，協助他們對國內情況作客觀、眞實的報導。

——經中共敎委會批准備案，創辦了「中國記協新聞學院」（位於北京），截至一九八七年，已畢業學生兩百五十人，另有三百人左右在學。

上述七項工作中，可以清楚看出，「中國記協」事實上從事了許多「民間團體」的官方工作。

事實上，「中國記協」與「中國新聞學會」的最明顯差異也就表現於兩者的組織功能之上。「中國新聞學會」不具任何官方色彩，理事長以下的工作人員很少支領薪水，即使是辦公室，也係「國語日報」所提供；因此，「中國新聞學會」的組織功能也就單純地侷限於「新聞學術之研究、新聞道德之提升、新聞事業之發展、新聞品質之改良」了。「中國記協」則完全不同，它在明顯的官記牌號下，爲中共官方行使了許多不便由官方出面的工作。例如，中共官員不方便與駐北京的外國記者交從過密，但記協的國際聯絡部工作人員則經常和外國記者接觸，從而更有助於中共官方對北京外籍記者的掌握。又如，記協的民間機構色彩，也有助於加強中共官方和港澳臺記者聯繫的功能，這一點在現階段的中共與香港，中共與臺灣關係下，更發揮其作用。

四、大陸新聞改革運動下中共記協的角色

一九七八年十二月十八日，中共中央召開十一屆三中全會，正式展開改革開放政策。中共經濟上的改革開放，爲大陸的政治環境也帶來了一些寬鬆氣氛；而就新聞事業而言，「新聞改革」運動的展開，應是這一個階段最重要的工作㉙。

中共「中國記協」在大陸新聞改革運動中究竟扮演了何種角色？由於八九年六四事件的影響，中共記協欠缺明確的資料說明。不過，至少可以說，記協在新聞改革運動中扮演了一個樂觀其成的角色；最值得一提的是下列兩個事實：

一、中共記協第三屆理事會主席吳冷西在一九八八年召開的第七屆全國政協會議中，公開發言主張賦予大陸新聞界更大的新聞言論空間，對於當時正在審議的「新聞法」，吳冷西也持較開放的主張㉚。吳冷西在大陸新聞改革運動中應算是開明派，中共記協多少也會受到他的影響。

二、中共記協所出版的「新聞戰線」月刊，在一九八八年四月號中，大膽地公布了一項民意調查，披露了大陸民衆對新聞輿論的信任度。其中最值得注意的是大陸民衆對新聞媒體的信任問題，結果持反面看法者高達六成五；而對於新聞媒體與黨的屬性問題，承認媒體是黨的喉舌者高達七成七，對於媒體的公開程度，持不滿意答覆者佔百分之八十七；至於其他方面的問題調查結果，也有百分之六十五到八十的回答者持否定性看法㉛。中共記協主編的

「新聞戰線」在當時能夠刊出這項調查結果，的確是難能可貴的，對於刺激大陸的新聞改革運動也發揮了極大的作用。

大陸的新聞改革運動在一九八九年六四事件後雖然無疾而終，但中共記協作為一個結合新聞媒體組織的作為，從現有的一些資料看，還是應該給予肯定的。

五、兩岸關係現狀下中共記協的角色

臺灣媒體記者和中共記協下的港臺處於一九八九年三月開始建立關係。當時，中共首次邀請臺灣記者赴大陸採訪七屆二次全國人大、政協會議。同年四月，大批臺灣媒體記者又申請採訪我國恢復亞銀會籍後在北京召開的年會。這兩次大型新聞採訪活動中，中共記協都對臺灣媒體記者提供了必要的協助。

一九八九年六四事件後，兩岸關係陷於低潮。七月二日，自立晚報記者黃德北因協助王丹逃亡被捕，中共對臺灣記者更予以嚴密監控。七月十四日，中共記協常務書記楊翊轉達中共官方訊息，要求當時滯留北京的臺灣記者立刻返臺，今後赴大陸採訪必須循合法管道提出採訪申請。[32] 同年九月十五日，中共國務院臺灣事務辦公室發言人唐樹備透過「新華社」，正式發布對臺灣記者的設限規定。按照該規定，臺灣記者赴大陸的採訪申請須透過「新華社」香港分社或中共駐外使領館提出，但審批權則歸國臺辦新聞局。另依該規定第六條：「凡臺灣記者從事與身份不符的活動時，違者視情節輕重，分別由接待單位給予口頭警告，收回採訪證，或由有關部門依法處理。」[33] 這個規定中所說的「接待單位」就是中共「中國

記協」。據一項統計資料顯示，自民國七十九年，臺灣記者依規定赴大陸採訪後，先後共遭到七次中共記協的「口頭警告」。㉞

不過，即使如此，臺灣記者都必須承認，中共記協在兩岸新聞交流上扮演了一個唱白臉的角色，記協的態度一直都還獲得台灣記者的認同。這是中共記協在現階段兩岸關係下的一個重要角色。

同時，在另一方面，中共記協也已開始著手協助大陸記者來臺採訪新聞。中共記協已獲授權組織大陸記者赴臺事宜，未來兩岸新聞交流工作，中共記協的角色將益形凸顯。

六、結　論

「中國記協」與「中國新聞學會」成立之初，都是基於新聞工作者的共同信仰，但正因為共產主義與三民主義報業性質的不同，使得「中國記協」與「中國新聞學會」的發展走上了截然不同的兩條道路；最後，「中國記協」充分發揮了共黨組織的功能，而「中國新聞學會」則成為一個純民間而且不帶政治色彩的新聞學術、聯繫與交流的機構。

當然，從一個新聞工作者的立場看，「中國記協」作為大陸新聞媒體同業最大的組織，它也發揮了應有的學術性、聯誼性、交流性功能；而且它在卸任官方媒體高層人士的領導下，再加上中共官方的支持，組織的嚴密等因素，其實際功能已遠遠超過「中國新聞學會」。這些實際上的成就都是不容否認的。

然而，中共記協是否就因此而永遠扮演忠實的黨的喉舌角色呢？作為大陸媒體同業的最高組織，記協似乎應該在爭取大陸媒體的新聞自由工作上做出更多的努力與貢獻。

因此，從總體面來看，中共記協有它的優越性條件，但也有嚴重的侷限性。本文在第四節中，之所以提到記協在大陸新聞改革運動中曾經有過的曇花一現表現，就是寄望中共記協能在環境許可的情況下，爲大陸的新聞改革走出一個方向，屆時，「中國記協」與「中國新聞學會」的交流也就可以拭目以待了。

註　釋

❶ 馬克思，「第六屆萊茵省議會的辯論」，「馬恩全集」第一卷（北京，人民出版社，一九六五年），頁七八。

❷ 有關馬克思對新聞檢查制度的批判，請參「馬恩全集」第一卷中的「許普魯士最近的書報檢查令」及❶。

❸ 「中國記協概況」，請參「中國記協五十年」，（北京，中新社出版，一九八七年）。該書約三百五十頁，但並未編頁碼，後註引用該書亦無頁碼。

❹ 同上。

❺ 李瞻，「大陸新聞事業」，參「中華民國新聞年鑑」第十篇（臺北，中國新聞學會，民國八十年），頁三九一。

❻ 同❸。

❼ 同上。

❽ 同上。

❾ 同上。

❿ 張季鸞，「中國新聞學會成立宣言」，參「中國新聞學會相關資料」（臺北，中國新聞學會，民國七十八年七月），頁二。

⓫ 同上，頁二、三。

⓬ 蔣中正「中國新聞學會成立大會致詞」，前揭書，頁六。

⑬ 「中國新聞學會簡史」，前揭書，頁七。

⑭ G. A. Almond. The Appeals of Communism (New Jersey, Princeton University Press, 1954) P.370

⑮ Ibid. P.373

⑯ 「中國全國新聞工作者協會章程」一九八三年，同❸書。

⑰ 同上。

⑱ 「中國新聞學會章程」，同⑬書，頁九。

⑲ 同上。

⑳ 同⑯。

㉑ 同⑱。

㉒ 同⑯。

㉓ 以上資料取材自「中國記協五十年」，同❸。

㉔ 同上。

㉕ 同⑯。

㉖ 一九六〇年，「中華全國新聞工作者協會章程」，一九八三年的新章程中則未列出此四個工作部門，但記協迄今仍保留之。

㉗ 同⑱，頁一〇～一一。

㉘ 同❸。

㉙ 有關中共新聞改革運動，請參張所鵬，「大陸新聞改革與新聞自由出路的探討」（報學，第八卷第五期，臺北，中華民國新聞編輯人協會印行，民國八十年八月）頁六四～七一。

㉚ 上海，「世界經濟導報」，一九八八年四月十一日，第十六版。

㉛「新聞戰線」，一九八八年四月號（北京，人民出版社，一九八八年四月）頁一〇～一一。

㉜「中國時報」，民國七十八年七月十五日，第三版。

㉝「新華社」，一九八九年九月十五日電。

㉞黃肇松，「採訪大陸新聞實務問題之探討」，「新聞鏡」周刊第一三八期（臺北，新聞鏡雜誌社，民國八十年七月一日），頁一二～一三。

海峽兩岸新聞事件報導之比較研究

——個案之分析

東吳大學政治系副教授 楊開煌

一、前言

自從海峽兩岸展開雙向交流以來，兩岸的「新聞交流」一直是臺灣民間十分強烈的呼籲，❶這一方面代表了當時臺灣民間渴望獲得更多的第一手的大陸資訊；另一方面大家也假設只要開放大陸記者來訪，必然會使大陸同胞更進一步了解臺灣的進步和繁榮，從而造成對大陸社會的衝擊，然而政府當局對此類交流的結果並不持完全樂觀的看法，是以新聞交流一直在禁止之列，直到民國七十八年政府高層政策決定由當時財政部長郭婉容率隊赴北京參加「亞銀」年會，這才匆匆制訂「臺灣新聞從業人員赴大陸地區採訪作業規定」，❷開啓了臺灣記者赴大陸採訪之門，事實上在此之前民間大報已派員赴大陸，名義上是探親，實則採訪，再到民國七十九年七月廿七日又制定「大陸新聞從業人員來臺參觀、訪問的申請須知」，❸但是其中有共產黨員不得入境的限制，遂使得新聞局的規定形同虛設，又到了今（八十）

年五月明令終止動員戡亂時期之後，共產黨員入境問題才得到解決，但附帶的規定，仍然十分複雜，所以一直沒有實現眞正的兩岸新聞交流，今年七月發生「閩獅漁號」漁民探視事件之後，才有新華社、中新社記者來臺的事實。

現在兩岸的新聞交流雖然沒有熱絡的開展，❹但是總算已經開始。究竟兩岸記者在報導同一事件時，存在著那些差距，造成差距的根源爲何，有否可能透過不斷的交流而縮短差距，從而達到平等、自由的資訊交流的目的呢？這就是我們所必須關心的問題，本文即針對上述的問題，透過兩岸報刊針對同一事件的報導方式、篇幅、時效、稿源等方面作一比較，以探究兩岸新聞從業人員在新聞價值、新聞眞實性等重要新聞學課題上的不同之點。進而提出若干建議，以供持續和擴大交流之思考。

二、選樣原則與樣本

(一) 選擇事件之原則：

1.同一事件原則：針對兩岸媒體同時報導過的事件，在大陸部分以人民日報（大陸版）爲主，因爲人民日報是大陸民衆最容易接觸到的報刊；在臺灣則中央、聯合、二家報刊爲主，而在每一件事只採一種報刊與人民日報相比。有關這一類的事件，本文選擇「閩獅漁號事件」和「蘇聯保守派政變」事件，作爲比較的樣本。

2.同時事件原則：針對同一時間兩岸媒體在每日的國際新聞中選刊的新聞加以對比，本文選擇「國際新聞」的原因，基於兩岸媒體在報導內部事務上交集很少，特別在臺灣的報刊上有固定的大陸新聞專欄，而人民日報則沒有臺灣專欄，因此不易作出有意義的對比研究，而在「國際新聞」中兩岸報刊均設有專欄，本文也假設人民日報每日所能接收的外國通訊社的電稿，不至於比臺灣的報社為少。在此情況下，比較其對新聞的取捨則容易得多。

(二)同一事件之對比：

1. 閩獅漁號事件之對比：如附件一。
2. 蘇聯政變事件之對比：如附件二。

(三)同時事件之對比：

一九九一年一～十月國際新聞之對比：如附件三。

三、同一事件之對比分析：

(一)閩獅漁號事件之對比研究：

1. 報導內容之比較：

(1)就報導數量而言：人民日報對此事件之報導，無論在天數、新聞則數、圖片提供、佔有篇幅等方面均大大不及臺灣的報刊。

A.在天數方面：中央日報作了長達三十四天（八月三日無報導）的報導。而人民日報則在八月十三日，才開始加以追踪。

B.在新聞則數方面：中央日報共計報導了新聞一百九十九則；評論二十三篇；照片四十二幀。而人民日報只有新聞二十八則，照片三幀。

C.在佔有篇幅上：中央日報共計佔有十五全張，而人民日報只佔二全張。即以范、郭二名記者來臺次日起算，中央日報報導了七全張，而人民日報報導了一又四分之三張而已。

D.在版面的使用方面：中央日報使用六個版面，而人民日報完全集中在第四版。

⑵就報導內容而言：

A.報導的取向上：中央日報近二百則的報導中涉及九個角度，事件的始末，從漁事糾紛到人道探視，我方行政部門的作爲、司法部門的作爲、海基會的作爲、中共方面的反應和要求、我方漁民的說詞、大陸漁民的說詞、大陸記者來臺的經過行程、觀感等，大陸紅十字會代表（以下簡稱大陸紅會）來臺的經過和行程、觀感等。而人民日報的報導，則偏重在六個方面：中共的作爲、臺灣當局的限制和錯誤（包括對大陸代表、大陸記者、大陸漁民等）臺灣軍方的作爲、大陸漁民的控訴、臺灣漁民希望合作，臺胞對大陸代表、記者、漁民的熱情。

B.事實建構：

中央日報

大陸漁船搶刼我方漁船

←

海軍前往救援，將大陸漁船押返臺中受審。

←

中共「國台辦」要求派員探視。

←

「陸委員」同意比照「三保警」案，允許大陸民間人士來臺探視。

←

我將大陸漁民中未涉案者送至金門。

←

中共「農業部」表示我方調查結果偏離事實，「國臺辦」要求派三人來臺探視並有二名記者隨訪。

人民日報

「大陸紅會」派三人赴臺協商解決七·二一漁事糾紛中被臺扣押的十八名漁民之事。

←

臺軍方介入民事糾紛，大陸正當要求被拒，但基於人道原則，決定委曲接受。

←

臺灣又以大陸紅會人員未承諾不看望七·二一名漁民爲由，阻撓去臺，兩記者則依計畫抵臺。

「國臺辦」稱從未提出要與臺中地院協商案情，呼籲臺灣取消不合理決定。

←

← 「陸委會」決允許「大陸紅會」代表二人作人道探視，記者依新聞局規定申請。

← 中共先表示不滿，最後同意我方規定。

← 中共要求「大陸紅會」人員離臺時間，視任務完成與否而定，我方不允「大陸紅會」人員來臺生變。

← 大陸記者二名於十二日來臺，「大陸紅會」代表曲、莊留港。

← 大陸記者在臺探視大陸漁民，並參觀訪問。

←

八・一五大陸漁民追述糾紛經過。

← 大陸漁民家屬要求去臺。

← 臺灣漁民希望兩岸合作

← 三年內福建沿海漁船遭臺灣軍方襲擊十四次。大陸法學者批評臺灣。

← 大陸法律學家、臺灣律師也批評臺灣在此一事件上作法不當。

← 「大陸紅會」人員代表抵臺。

「大陸紅會」人員探望漁民。

← 「大陸紅會」人員、記者離臺。

← 漁民十一名回大陸，七人仍滯臺。

「大陸紅會」代表曲、莊二十日抵臺。

← 曲、莊探視七名漁民，並以視訊影像探視在金門的十一名漁民。

← 雙方完成對不涉案船員之遣返協議

← 大陸四人於二十三日離臺

2. 對比分析：

(1)就數量而言：同一件事中人民日報報導數量僅得中央日報的百分之十三左右。另外在照片、評論、追踪報導的天數等均有一般距離。

(2)就內容而言：中央日報報導的面向也比人民日報多了三分之一。另外中央日報報導幅度比人民日報爲寬；就報導的平衡性而言，在中央日報的二百零九則新聞，引述對方消息有二七則，每則報導均能平實地轉述大陸的意見。而人民日報在廿八則新聞有二則是引述臺灣的消息，而三則均對中共有利，一是臺北晉江同鄉幫助被扣閩獅號漁民，❺一則是臺法院同意被扣漁民家屬出任「輔佐人」，❻一則是臺灣法律界人士評說「七・一二」事件。

由以上的不同，故而在閱讀兩報時所建構出來的事實也不同。

(3)就「事實」部份而言：就兩報的報導來看，在「事實」部份呈現出三點差異：

A.首先是事件經過的出入：漁船事件的肇因：

從中央日報的描述來看：是由於大陸漁民的搶刼。

從人民日報的描述來看：是由於我軍扣押了大陸漁船。

B.人道探視事件的阻撓：

從中央日報的描述來看：是由於中共對探視的任務、方式干預了我方的主權和司法獨立。

從人民日報的描述來看：是由於臺灣的無理阻撓。

C.漁船糾紛事件的結果：

從中央日報的描述來看：是由七名船員涉案被押。

從人民日報的描述來看：是由臺灣當局節外生枝。

換言之，我們閱讀人民日報和閱讀中央日報所認知的事件經過是完全不同的。

(4)就報導事實的方式而言：兩報各採取了不同的描述方式：

中央日報對事實的描述方式基本上是追踪經過的報導，發生什麼報導什麼，雖然也有主觀評論和價值判斷，但基本是採有報導有評論的方式。同時也爲了使自己的報導和評論能產生輿論效應，也爲了該報在臺灣狹窄的信訊空間中，能產生一定的作用，所以在描述上是愈詳盡、愈週延愈好。在主觀上報刊要求不能、也不願意遺漏任何消息。

人民日報對事實的描述則是評論報導的方式，有評論的價值和需求才對事實加以必要的描述，所以人民日報並不從事件一開始就報導。只是事件發展到中共準備派人來臺時，才開始見報，以八月六日首次披露的報導來看，人民日報只用了九行，除去標題，一共用了一百卅九個字，而其中與漁事糾紛有關的字只有廿三個字，足見其簡化的程度。而事實部份一直到八月十五日才在報端披露，佔有的篇幅都不太大，對事件的經過自然是語焉不詳。

(5)就報導事件的心態而言：兩報也是基於不同的立場：

從中央日報在報導漁事糾紛事件基本上是依新聞需求的原則，所以新聞立場爲第一性，政治立場爲第二性，在新聞立場的要求下，時效、評實和平衡的報導也是讀者對報刊起碼的要求。

從人民日報在報導的過程中來看，完全是應政治需求的原則來處理，所謂政治需求在此一事件中，表現爲強調並維護中共的立場，醜化臺灣當局，分化臺灣當局和人民，有利兩岸三通等觀點來報導，所以人民日報的心態是政治立場爲第一性、新聞立場爲第二性，所以時效問題、報導多寡、報導的角度都是立足在預設的政治需要之上，甚至事件本身都是次要的和工具性質的。

(二) 蘇聯政變事之對比研究：

(1)就報導數量而言：人民日報與臺灣的報刊（以聯合報爲例）均無法對比。

A.在報導天數方面：二份報刊均相同，從蘇聯副總理亞納耶夫宣佈戈巴契夫被停職起到蘇聯停止蘇共一切活動爲止，共計七天。每天均有報導。

B.在新聞則數方面：聯合報在七天中報導了三百卅八則消息，刊出卅六篇學者或記者評論、照片五十七幀；人民日報在七天中報導了廿六則消息，沒有評論，而照片只有二幀，因此從資訊供應的數量而言，人民日報只有聯合報的百分之七點三九。

C. 在總篇幅上：聯合報使用了廿六張左右的全張的篇幅，以聯合報每張爲一萬七千九百字計，聯合報報導了四十六萬五千字，人民日報只使用了二張多一點的篇幅，而人民日報每張爲一萬二千四百餘字計，人民日報只報導了二萬六千七百餘字左右。

D. 在版面使用上：聯合報共使用七個版，每天除頭版有顯著報導之外，還在二至七版詳細說明事件的經過、原委和目擊者的見聞；人民日報只有前三天（從廿日至廿二日）見於頭版，其中一天爲中共外交的聲明，是以在版面的處理上也不相同。

(2)就報導內容而言：

A. 在報導取向上：聯合報的報導中涉及八個方面：即事件的經過，各國的反應，對中共的影響，對我們的影響及對兩岸關係的影響，對世局的政、經各方面的影響，政變後的蘇俄，中共對蘇共政變的看法等，特別是事件的經過報導十分詳盡，有許多是引用了所有的外電、綜合報導事件的發展，也即時採訪了當時正在莫斯科的我方學者；而人民日報只涉及三個方面：即事件經過，歐洲股市的影響以及中共的立場。

B. 報導的傾向：聯合報在報導中頭三天（二十～二十二）即政變期間共報導了一百七十一則，政變失敗後到蘇共停止活動共報導一百六十七條。換言之，聯合報處理事件的態度是政變及政變後的發展同等重要；而在政變數日中，對蘇聯政變的「國家緊急狀態委員會」的消息報導了廿五則爲全部消息的十四點六一，基本上沒有遺漏政變委員會的所有消息和處分。人民日報在三天政變中，有十二則消息，其中十則爲國家緊急委員會的命令，佔了政變三天消息的百分之七十五，卽以全部的消息計算，也佔了百分之卅六，可見人民日報的立場和旨趣。換言之，儘管中共官方在表面上是強調尊重蘇聯人民的選擇，是蘇聯的內政；但是中共對蘇聯強硬派的政變，顯然是認同而且贊同，事實在政變的第一天人民日報破天荒地用了三個版面來處理，第二天也用了二個版面，特別對政變者的介紹部份在頭二天都動用了國際版的半個版面，在在都顯示了中共內心的傾向，到第三天政變失敗，據說中共爲反覆確認事件的眞實性，人民日報曾延誤了三個小時出刊。而在第三天雖然也有二個版面，但是總數量銳減爲一版的五分之一而已。

(3)再以照片的選刊：我們也發現聯合報的照片是配合了新聞事件的發展，增加讀者對事件的認識和興趣，生動地詮釋了事件的始末；而人民日報則只用了兩幀照片，這兩張是已經被捕的蘇聯副總統亞納耶夫的個人相片，而對莫斯科民衆的行動，葉爾辛的講話，戈巴契夫的返回莫斯科等重大的轉折，則完全沒有照片，這也說明了中共對蘇聯政變的實質態度。

2. 對比結果：

(1)就事實差距：聯合報不但報導事件的經過十分詳盡、鉅細無遺，而且配合許多必要的資料、專家學者的背景說明，現況分析、未來預測，因而使讀者很容易了解事件的全面、政變的原因、失敗的原因，蘇聯人民、社會的轉變，戈巴契夫對蘇聯的貢獻和過失，一旦蘇聯政變成功對世局的影響，全球對蘇聯局勢的反映等。而人民日報雖然也對事件的經過有所交代，然而由於太過簡略而且側重點不同，以至使讀者容易誤以爲蘇聯政變是因爲戈巴契夫的改革已進入死胡同，並且造成蘇聯國家處於危險的狀態。換言之，政變是爲了挽救蘇聯；但是人民日報對政變失敗的原因，則隻字未提，是以讀者完全不知道，這一場爲了救國而發起的政變，何以落得失敗的下場。特別是此一事件的發展在政變當局宣佈了緊急狀態之後，莫斯科民衆和強硬改革派聯手聚集莫斯科紅場，對抗政變者的命令，其形勢十分類似一九八九年的「天安門事件」之前夕，但是政變當局沒有開槍，蘇聯人民戰勝了保守的、反潮流的政變者的野心，在人民日報的報導中完全不提，所以說讀者從人民日報得到的消息肯定無法了解事件的全部經過和眞實現象。

(2)就報導時效來看：聯合報完全是除了資料性的文字外，其餘均及時報導，包括學者的評論也都是隨著事件的發展，但是人民日報在消息處理方面則分爲次日報導和第三日報導二種，在二十六則新聞中，人民日報及時反應的有：如戈巴契夫下臺和復職，政變當局的若干聲明，西方世界的驚慌，中共的反應以及亞納耶夫被捕共十二則。而二天後才報導的：如政變者的部份聲明，政變後的人事易動，以及解散共黨消息共十三則，而在處理各國對蘇聯政變的反映時（共一則），人民日報的報導方式是與中共的立場一致的多爲第三世界的小國家就在次日報導，與中共立場不一致即反對蘇聯政變，全爲西方國家就在第三日才報導。足見人民日報新聞的處理並不重視時效，只有中共認爲是重大消息，而又對中共有利的消息則立即上報，否則就捨棄或改寫務使不利的影響降低，因此「遲報」和「簡化」就是人民日報最常運用的處理方式。

同一事件對比之綜合結論：

依以上的對比分析：人民日報不論與中央日報或是聯合報相比，都顯示了極大的差異。

第一：人民日報並不重視新聞的時效，而中央與聯合報對時效的掌握視爲報刊的主要職能。

第二：人民日報並不在乎資訊的多寡，而中央與聯合報均發揮報刊提供資訊功能的特點。

第三：人民日報對事件事實的認定方式與中央、聯合報不同，因而在報導中所呈現的眞象也有差異。

第四：人民日報在新聞事件的報導和處理完全以政治需求爲主要訴求，而政治需要方面表現爲干預新聞，另一方面也可能成爲保證新聞時效和數量的護符。而中央與聯合報自然也有政治需求和報社立場，但是比較起這些需求和立場主要表現在評論、社論，或隱藏在不自覺的報導中，絕少凸顯在新聞報導中。

四、同時事件之對比分析

本文選取今年從一月到十月，每月二日的人民日報的國際版與臺灣「中國時報」的國際版作比較，樣本較少，一方面因爲撰寫時間不足；另一方面上述的樣本大致亦可檢查出兩報在處理國際新聞上傾向。由於人民日報每日所得的資訊並不少於自由世界的其他報刊，⑧因此依據人民日報的「國際新聞版面」，還可以進一步分析中共的「新聞價值觀」。

㈠ **量化之對比**：

1. 就新聞數量而言：不論是新聞內容之長短一併計算，則人民日報為一百九十六則，中國時報為一百三十則，但若將人民日報中的簡訊五十五則減去，則在資訊的量方面人民日報還佔先，不過這是由於人民日報的新聞都很短，而中國時報則願意詳盡報導是主要的原因。

2. 就新聞照片的數量而言：人民日報有二十一幀，中國時報為四十四幀，是以中國時報提供讀者的照片為人民日報的二・二倍。

3. 就時事專論而言：人民日報有三十二篇，中國時報有二十一篇。

㈡ **內容的對比**：

1. 就新聞內容的分佈地區而言：

中國時報方面：美國有二十則，蘇俄有二十二則，亞洲地區包含日本有二十二則，非洲有六則，歐洲（包括東歐國家）有十則，中東有四十一則，是數量最多的一區，全球性的新聞有六則。

從以上的數量分佈來看：中國時報的國際新聞分佈地區相當平均，由於美蘇是超級大國，所以有關他們的新聞也最多，至於中東消息特別多，應該與伊拉克入侵科國引起聯合國干預有關。不過大國、強國、富國的消息比較多，小國、弱國、窮國的消息比較少也是不爭的事實。

人民日報方面：他們顯然比較重視第三世界國家的消息，從數量來論有一百零一則，佔全數的五一・五三。而美國、蘇聯、西歐、日本等第一、第二世界的國家只有四五則，不過佔了二二・九五。另外一個特色是人民日報的國際版消息中，屬中共自己的消息，如他國對中共的稱讚，中國大陸的文物在外國的展覽等消息有二十六則，佔國別的第一位，佔十三・二六。這是與臺灣報刊的國際新聞最大不同之處。再進一步分析在第三世界的新聞中，中東地區爲卅三則，不過其中有關伊、科戰爭的消息只有十則，佔了中東地區新聞的四二・四二。所以在第三世界地區中，中共是普遍注意到亞、非、拉各地。另一個特殊之處：是人民日報對全球各地的共黨活動的消息也特別注意，共計二十四則，佔總數的一三・二五，其中朝鮮共黨六則，外蒙古共黨四則，蘇共也有三則。這些報導多半是只有消息沒有內容，不然就是這些共黨堅持馬列主義等。也是國內報刊所少見的現象。

2.就新聞內容對比分析：

在中國時報和人民日報的國際新聞中，從內容來看，相同的消息有十則，佔所有國際新聞三百二十六則中，百分之三點零六極小的比例。換言之，此一數字凸顯了兩岸的報刊在新聞選擇上的差異性，同時若進一步研究，我們也可以發現在相同的新聞中，也有不同的側重點，例如在元月份相同的刊出金日成的講話，中國時報強調金日成不接受德國式的兩德統一；人民日報則強調金日成建議召開朝鮮民族統一協商會議；又如在四月份有戈巴契夫談到紅軍問題中，中國時報說戈氏拒絕軍隊非政治化，人民日報則凸出戈爾巴喬夫不允許貶低軍隊作用。到了九月份蘇聯保守派政變失敗之後，再次報導戈巴契夫與紅軍的新聞時，中國時報告訴讀者的重點是「戈巴契夫開始大刀闊斧整肅軍方」，人民日報則輕描淡寫地說「蘇聯政治新動態」。這些不同事實都凸顯了兩岸新聞工作者背後的意識形態的差異。

再從不同的消息面向來看：兩岸報刊在國際新聞的選材上有三點不同：首先是時效性的問題，中國時報所有的消息完全是事件發生的次日，而人民日報屬於次日見報只有四十條，佔全數消息的二十點四〇，即五分之一左右，其餘的不是二日即是三日以前的新聞，細讀這些消息，也並不完全是對中共不利，或是有「資產階級毒素」的新聞。因此故意慢刊的原因，只能說是人民日報並不重視新聞的時效性；其次是不利於中共的消息，多半出現在我方的報刊而不見於人民日報上。例如美國禁售衞星零件給中共，[8]蘇聯國會通過決議，允許國營事業私有化[9]等，足見人民日報在處理國際新聞時，也存在報喜不報憂的心理。反之國內報刊在處理類似新聞時，則比較能以平衡的方式來處理；其三是不利於各國共產黨的消息，人民日報上也不會出現，例如柬埔寨準備審判赤柬領袖大屠殺的罪行，[10]如華沙公約正式解散[11]等，至於其他的新聞有些則散見於十二日之後的人民日報，有的也因爲新聞價值的關係而被省略。

3.就版面處理來看：

純粹的國際新聞（指與中共無關的國際新聞）從來沒有一則刊在人民日報的頭條，甚至不在頭版，這主要是因爲中共的報刊有一種「以我爲主」的強烈優越感，這也是中共「民族主義」情緒的表現方法，事實上在中共的內部對此也有不滿之聲，[12]不過人民日報顯然沒有改變的意思，中國時報則完全沒有「以我爲主」的感情包袱，而能就新聞的重要性來處理。

4.就新聞照片的內容而言：

中國時報在照片的選刊上大致分爲配合時事的照片和以照片爲主的新聞，基本上所有的照片均重視時效性、新聞性和趣味性。而人民日報的照片中顯示了以下的特色：第一是所有照片與時事的關聯性並不強，眞正與時事有關的只有佔百分之二四・〇七。第二是照片中靜態照片比動態照片爲多，所謂靜態的照片是指風景、建築物、物體的照片，而與時事相配的人物照片、活動照片爲動態照片。在人民日報的照片中，靜態的照片爲動態照片的兩倍。第三是人民日報選刊的照片主要是以第三世界國家和中共自己的照片爲主，而屬於第一及第二世界國家的照片十分少，不到百分之七。第四人民日報的照片中，有些照片只是孤立的照片，而既與新聞無關也和專欄無關，又沒有較多的文字配合說明，似乎純粹是一種補白的性質，這也是其他報刊比較少見的作法，足見中共在選登照片上也十分愼重。

5.就專論的內容來看：

中國時報的專題必然是配合時事的需要，進行深度的分析、背景分析以及預測事件的發展等；而人民日報的專論分析，基本上以中共自己的外交活動和其他的對外關係爲主，另外也有不少是與時事無關的專論，這點說明中共對專論的愼重程度，據本人在去（一九九〇）年夏天訪問人民日報時，其海外版臺灣專欄的主編告知，中共的專題通常是寫過之後，必須經上層批准才能見報，是以往往與時事無關，同時撰寫者爲了自身的安全，也不願意寫太敏感的時事問題，所以人民日報的專題有些就是補白性質，例如「一人唱，萬人舞」⑬「美國大商業銀行合併」⑭的問題，時間都在一週到一個月左右。這些觀點自然與敏感無關，所以有可能是寫過，經批准可用之後，待有版面才刊出，這些也是臺灣的報刊少見的現象。

㈢ 對比的分析：

從上面的對比我們可以發現兩岸報刊在新聞取材上有以下的不同：

1. 新聞自主性的比較：

(1)人民日報在國際新聞的選擇中：比較重視第三世界的新聞，而中國時報比較重視歐美先進國家的新聞，因此臺灣的報刊在消息的選擇上，就比較依靠西方的媒體，而受西方媒體的影響也十分明顯，而人民日報在新聞上比較凸顯自己的觀點和角度。

(2)人民日報在國際新聞的選項中次多的是新聞選項：中共的對外關係和大陸團體在國外的活動，而中國時報則很少將我國的對外關係放在國際版，綜合前面所述國際新聞不以頭版的做法，充分顯示了人民日報在編輯上處處強調自我中心，不同西方的媒體作法。

(3)從新聞來源來看：中國時報在國際新聞上，除了少數是各地的特派員或記者之外，絕大多數是來自西方的通訊社。而人民日報則只有兩個來源：一是新華社供稿；一是人民日報的記者。換言之，人民日報在新聞自主性上，事實上從新聞來源方面已經開始著手。

從以上的分析來看：人民日報比較重視是報刊的自主性，而中國時報比較受西方媒體的影響，然而人民日報自主性事實上不是「報刊」的自主性，而是「政治」的自主性。換言之，人民日報是刻意強調馬列主義的立場和中國人的立場來表現其自主性，基本上是一種「反帝、反資」的表現，人民日報在政治自主性的強調下，甚至犧牲了報刊媒體其他方面的角度和功能。這是值得注意的第一點。其次人民日報此種近乎是情緒性的「自主性」，究竟能否眞正培養出中國人的自尊獨立的民族性，也有待進一步研究。

2.資訊提供的比較：

(1)從兩岸報刊在國際新聞相同的取材來看：人民日報在報導國際新聞都比較簡單，對事件的經過也只是粗枝大葉的敍述，不如中國時報動輒以半版、十批、整版，其至二、三個版面詳細的報導。

(2)人民日報的新聞來源只有二個稿源，因此在新聞報導的角度，也只注意到一個角度、一種觀點，不如中國時報能綜合不同的外電，加上他們報社的特派員，記者的報導上自然能對事件作出平衡的、相對的報導，照顧到各種不同的角度。

(3)人民日報的專題絕少配合新聞事件，因此一般讀者便無法對於新聞事件能掌握其全面性、歷史性的資訊，卽使在數天之後補上專論，在讀者的習慣上，也不容易前後連貫。反之，中國時報的作法就能充分使得讀者透徹而多樣地了解事件的始末及其發展。

總之，人民日報在資訊提供的方面是遠遠落後在中國時報之後，就報刊的角色和功能而言，人民日報是很難爲臺灣的讀者所接受。

3.新聞性之比較：

在「新聞性」方面，我們發現除了極少數之外，人民日報無論在新聞報導、時事專論、新聞照片等各方面，幾乎是完全不重視新聞時效，在人民日報看來，某一突發事件除非合於政治需要，否則就不是「新聞」；而某一條新聞事件，除非有急迫的政治需求，就不必注重其新聞的時效。當「新聞」的刊出必須通過政治這一關的考驗時，報刊所能報導的新聞—眞正的新聞而不是舊聞，就不得不是在政治上最保險的事件，例如：中共政權的對外關係，其他國家對中共的讚揚，第三世界國家的消息等。而且我們也發現卽使在第三世界人民日報還是側重在共黨消息，和他們受資本主義國家的壓迫以及一些非政治性的科技消息、人民生活等。相對而言，中國時報在政治上的包袱就小得多，充分表現了「新聞性」是報刊的生命的眞理。

五、社會主義新聞角色、價值與眞實性理論之評介

從以上的兩類新聞的經驗研究對比研究中，我們發現兩岸的報刊媒體存在著極大的差異，而此一差異從經驗性的研究中又可以歸爲兩大類的不同：一是對新聞眞實性的認知不同，二是「新聞價值」的認知不同，而這兩類的認知不同又導源於中共在培訓一個社會主義的新聞工作者時所賦與的角色認知的不同，以下本文進一步從馬列主義的新聞理論來分析其「新聞觀」，爲了敍述的條理和邏輯，本文先從新聞角色和功能的問題入手。

(一) 社會主義之「新聞」角色和功能

社會主義運動中幾個關鍵性的人物，如：卡爾·馬克思、弗列德、恩格斯、列寧、羅莎、盧森堡、托洛茨基、史大林都曾是新聞工作者，在中共來說，毛澤東也是報人出身，⑭對「新聞」在資本主義社會中的角色和功能有著相當的體會和認識。其中對社會主義之「新聞」理論具有原創性貢獻的則爲卡爾·馬克思與列寧二人。

卡爾·馬克思是一位哲學家，終其一身的關懷不外是企圖「將人從『異化』的狀態中解放出來」，此一概念成熟於《一八四四年的哲學——經濟學手稿》，其後馬克思雖然不再使

用「異化」此一名詞，然而其基本的關懷並沒有改變過。⑮在此一思想指導下，馬克思對資本主義的社會作了深刻的分析，他將經濟因素的總和視爲一個社會的基礎，而其他的社會制度和活動則爲此一「基礎」的上層建築。新聞媒體自然是屬於上層建築之一，而在資本主義社會中，資產階級利用其對物質的控制，進而控制無產者的精神，在那個社會裏宗教、學校、新聞媒體、法律、道德規範都是爲資產階級服務，來「痲醉」無產階級，使得無產階級處在異化的社會之中而不自知，特別是新聞媒介，「它對人們居住的世界隱瞞眞相，對遭受剝削的無產階級成員製造假象，使他滿足於現狀」。⑯所以馬克思很早就覺察到新聞對社會的控制力量。他說：「正是報刊可使物質鬪爭變成思想鬪爭，使血肉鬪爭變成精神鬪爭，使需求、慾望和經驗的鬪爭變成理論、理性和形式的鬪爭」，所以他稱「新聞（報刊）爲人民文化和精神的強大槓杆」。⑰

在馬克思看來在資本主義社會中：新聞媒體的角色是統治階級的幫兇，其任務在於「隱瞞眞象，欺騙人民，使人民不能認識到自身異化的狀況」。新聞媒體在整個階級社會中主要承擔了社會控制的主要力量。

因而，無產階級的新聞工作者的角色就在於從自身的覺悟到揭露和批判資產階級社會新聞的欺騙和隱瞞。全部無產階級新聞媒體的功能則在於「改造世界」。

列寧在社會主義新聞理論上的貢獻則在於進一步將馬克思的理論變成具體的實踐行動，首先列寧在於對沙皇的鬪爭充份了解報刊的重要，他創辦了「火星報」，並且明白地宣示「火星報」的立場應該是毫不掩飾地完全地爲無產階級服務，因此新聞媒體的角色，就不只是宣傳社會主義思想，啓發無產者的覺悟，教育無產者鬪爭，而且還必須組織無產階級的革命行動。列寧說：「報紙的作用並不限於傳播思想、進行政治教育和吸引政治同盟軍。報紙不僅是集體的宣傳員和集體的鼓動員，而且是集體的組織者。」⑱列寧要求新聞工作者不僅是靜態的宣傳共產主義思想，而且是積極地鼓動無產者為共產主義而奮鬪，當鼓動見出效果時，還必須組織這些素樸的無產者成為一支可靠的共黨的力量。此一新聞媒體的角色和功能即使在共黨建立政權之後，也不能放鬆。也正因為有了此種需要，所以共產黨奪取政權之後，所有的新聞媒體都必須掌握在共產黨的手裏，才能完成上述宣傳、鼓動和組織的任務。

列寧既然賦與新聞媒體如此重要的任務，自然這些新聞工作人員在選擇新聞、編輯報刊、撰寫專欄的時候，必然是自覺地不自覺地將「無產者」的信念轉化為實踐的行動。蘇共的報人高爾基說：「新聞工作者是階級的耳目和喉舌，是階級的器官和階級的感官，因此，他們必須立場鮮明，愛憎分明，充當階級的忠實的代言人。」每當他們寫作時，首先必須自問「為誰寫作」「為什麼寫作」。⑲

從以上的敍述來看，馬列主義的新聞思想，在新聞理論的層次十分強調政治性、黨性等意識型態的自覺約束。然而在技術的層次上，社會主義國家對新聞媒介的角色和功能的要求與資本主義國家的要求並沒有太多差異。例如：馬克思和列寧除了確認新聞媒介在資訊、宣傳、教育等面向的功能之外，他們也特別強調報刊作為監督者的角色，不但是對一般的幹部監督，特別由於報刊是黨的耳目和喉舌，所以對於黨的路線和執行也應具有監督、反應的功能⑳；因此要求報刊積極發揮批評與自我批評的作用。馬克思、列寧也強調「人民的信任是報刊生存的條件」㉑，所以在報刊的角色上也很重視其在社會中所扮演的民意、輿論的角色功能，在新聞功能方面，中共的學者也均衡地強調了新聞的媒介的「新聞工具」「宣傳工具」

「輿論工具」三種功能㉒。然而，這些對新聞媒介的「普遍性」要求，一旦與政治性要求相遇，前者就必須服從後者，此一服從又常常是隨著共黨不同的政治領導，所開展的政治氣候有很大的差別，例如：馬克思曾經警告說報刊國家化會產生很大缺點，㉓然而史大林在談「蘇聯的出版自由」時，則強調「只要無產階級專政存在，那麼這種自由（指資產階級的出版自由）在我國是沒有的」，㉔在此情況下，共黨國家的報刊不但國家化，而且是全部由黨來控制，也是合理的。對此我們沒有發現大陸的新聞學者敢以前述的馬克思觀點來反對史大林的講法，這就是政治服從（事實上是政策服從），黨性要求的最高表現。以下我們還可以從「新聞價值」和「新聞眞實」的理論分析中發現相同的趨勢。事實上，大陸的新聞工作者也經常在此兩難中掙扎，八〇年以來大陸媒體掀起新聞改革的討論，也將新聞改革行動付諸實施，其實這些改革都是在馬列主義的範圍內。㉕但是卽使如此，仍然不合中共在一九八九年以後的政治要求，所以「八九民運」之後，一切新聞改革的討論和行動都停止了。

(二) 新聞價值之分析

在中共的新聞界有關「新聞價值」的討論，也十分明顯呈現出抽象思考和具體思考的不同傾向；從抽象思考的層次來說：馬克思曾說「喪失時機對新聞來說是致命的」，㉖「報刊是作爲社會輿論的紙幣流通的」，㉗列寧也強調「報紙落後就會毀滅」，㉘而中共學者對新聞的要求也提出了包含「時新性、重要性、接近性、顯著性、趣味性」等五種標準，㉙所以對「新聞價值」的抽象標準的爭論不大，㉚但是在具體的思考上討論到那一條新聞是否有價值，是否重要的問題時，就出現中共學者的觀點與自由世界新聞觀之間就完全不同，甚至在中共的學者間也出現不同的看法，中共新聞學者甘惜分認爲是否是新聞的問題必須站在唯物主義的立場來思考，所謂「唯物主義的立場」本身包含黨性，要求在對事變做任何估計時必須直率而公開地站到無產階級的政治立場來看評價事件的重要，㉛另一位學者鄭興東認爲新聞重要性決定於新聞的意義，而在他舉例說明中，首先舉出的就是「使人得政治上的敎益是有意義的」，但是鄭在他的文章中所強調的則不是政治標準，而是人民對「事件」的興趣㉜，而中共學者之所以如此坦白地指出政治性對新聞價值的重大意義，主要是因爲他們並不諱言「新聞是帶有明顯的政治傾向」，他們相信：「在階級的社會裏，新聞機構永遠掌握在一定階級的政黨或政治集團手中的輿論工具，它們所搜集到的新聞，就在新聞報導中根據各自不同的階級利益對事實進行自已的解釋和分析，所以對讀者施加某種思想影響。」㉝正因爲如此，所以無產階級的新聞媒體，在選擇新聞時，就必需要考慮是否對人民有正確影響，是否能引導人民充分信任社會主義。換言之，中共的新聞工作者在決定某一事件是否爲「新聞」時所優先考慮的是黨性和階級立場，甘惜分在「什麼是新聞」的文章結論中明白地表示「我們不是爲報導而報導，我們是爲敎育人民、影響人民的思想、爲了宣傳而報導。我們是把新聞當作一種宣傳手段；一種特殊手段來運用的。新聞報導是一種很厲害的宣傳武器，我們應當珍惜這種武器。」㉞在此種認知下，中共的新聞所表現出來的最突出角色就是宣傳工具。從新聞、照片、專論都是爲敎育和宣傳來服務。

這樣的新聞理論使得在社會主義的社會裏新聞工作成爲十分危險的工作之一，因爲無論他們偏重那一方向，他們都可能犯錯，最後在安全的考慮之下，大陸的新聞工作者在實踐行動上，常常只注意第一性，而犧牲了第二性，而且常常是一錯到底，除政治氣候的轉變，否則就不可能（事實上新聞工作者也不敢）眞正的糾正錯誤，以新聞時效的問題來看，在八〇年代初期，大陸新聞界就有過檢討，他們發現的情況如下：昨天消息今天見報的只佔百分之二八，前天消息今天見報爲百分之六點五，五天至十天爲百分之十點七，而十天以上的高達百分之三四。[35]以此情況對比人民日報目前的作法雖有改善，然就一般的報刊標準，仍有距離；另外在新聞價值的政治性取向上他們也有不同的聲音，如有的學者就說：「新聞事業是無產階級專政的工具的說法，它顯然不是一個定義，也不應該是唯一的說法。」[36]但是反省歸反省，到眞正寫新聞、寫專欄、編報紙的時候，自覺的政治性仍然發揮決定的作用，不過類似的困擾如果不處在市場競爭的場所，不與外界的報紙相互對比的話，其實壓力也不大。換言之，這種理論與實務矛盾並不是最嚴重的。

㈢新聞眞實性之分析

馬克思在此一論題發揮頗多，他強調「眞實是新聞的生命」，[37]也要求「把眞實的情況告訴我們的讀者」，[38]在實際的報導中，馬克思也承認一個新聞記者不可能「詳盡無餘地敘述事情的一切細節和論證全部原因和根源」[39]所以「眞實的情況」是靠「報刊有機地運動，全部事實就會完整地被揭示出來」（同見註）所謂「有機地運動」是指每一個記者報導一部份，或每天報導一部份，逐日、逐篇地累積起來；列寧也強調報刊必須「要向公衆全面報導和闡明眞理，不浮誇、不武斷、不造謠、不作見不得人的私人報導」[40]。但是理論歸理論，在實踐上新聞眞實性的問題是一個爭論頗多的問題，因爲文字或任何符號的運用都帶有不可避免的主觀性和侷限性，也就是說經由文字或符號所建構的「事實」與客觀的事件是必然有距離的，中共的新聞學界就辯稱這種主觀性就是階級立場的偏見，他們認爲：「資產階級的新聞眞實觀，一般受到形而上學的影響，主張事實的眞實，但對事實區分爲理象和本質、局部和整體、支流和主流，以及事物的內外聯繫，等等，不作進一步的分析，往往是以孤立的、靜止的、片面的、表面的觀點認識和反映客觀事物。加上和資產階級處於同社會發展趨勢相矛盾的地位，爲了維護本階級的根本利益，難免在新聞中，隱瞞某些重大社會問題，歪曲某些事實眞相。……而無產階級、社會主義新聞學對於新聞眞實性的理論和實踐，是以辨證唯物論爲指導，採取從實際出發實事求是的科學態度。這使我們在新聞眞實性問題上，提出了比資產階級更高、更全面的要求。新聞的眞實性是指新聞要符合客觀事實眞相。要求局部眞實和整體眞實的統一，即不僅一條條新聞反映的局部情況是眞實的，而且這些新聞的總和所反映的整體情況也是符合實際的。新聞的眞實性還包括現象的眞實和本質的眞實兩層意思，不但要求每條新聞都能如實地反映客觀事物的現象，而且要求一般通過連續的報導，透過現象眞實地揭示事物的本質。這樣才能眞實、客觀、全面地反映事物的本來面目，有助於人們通過新聞報導，準確地認識世界，進而有效地改造世界。」[41]然而「眞實」的問題被中共分爲「局部與整體」「現象和本質」之後，上述的馬克思和列寧所說有關新聞眞實性的理論部份，對新聞工作者而言，就只是死的教條，是用來背誦而非實踐的，在實踐中他們則強調以無產階級的立場來看待事件，這時所謂「眞實」就不能只是形式的眞實，表面的眞實，而必須追究和理解「本質的眞實」和「內在的眞實」，[42]於是中共的新聞工作者在描述事件時，其認知的方式就可以採取相當的主觀的態度，只要他們不是將人、時、物、地四個事件因素弄錯，那麼不論他們怎麼寫，只要對社會主義有利，就是眞實，都可以在「本質眞實、內在眞實」的盾牌之下心安理得了，即使在遭受指責的情況下，他們也可以「立場」問題來辯護，因此上述的「閩獅漁」事件，蘇聯政變事件，不論我們的報導多詳細，中共的報導多簡略，他們都會認為這就是事件的本質事實，對於「閩獅漁」事件的報導，在他們看來原來是「民事糾紛」，這是兩岸之間的小糾紛，本著加強兩岸交流的原則，應該是大事化小，息事寧人，所以開始時不是「新聞」，而中共派員來臺，標誌了兩岸關係的新階段，所以有價值，所以是新聞，事實本質也應由此一角度來認識，對於「蘇聯政變」事件的報導，他們認爲事件本身有主流和支流之分，爲了大陸「安定團結」的局勢著想，而對事件的過程作簡要的報導，並非「不夠全面」。

總之，有關新聞眞實性的問題，若延申從階級立場上來考量時，新聞眞實的客觀性事實就不存在了，而立場的問題就不是新聞學的問題而是哲學的問題，這也是兩岸新聞界最無法溝通的部份。

六、社會主義新聞觀之對比反省

從以上兩岸新聞報導的經驗性研究到新聞理論的分析，我們可以發現：第一、海峽兩岸的新聞理論和新聞實踐的差異，存在於三個層次上：

一是新聞功能的層次上：

中共的報刊重視的是教育和宣傳，以保護社會主義的純淨性。然而這不表示他們不理解新聞媒體的其他功能，所以在政治尺度之內，他們對新聞媒體的資訊功能和監督功能也同樣兼顧；而臺灣的新聞媒體則比較偏重在資訊提供、監督政府、娛樂休閒的功能，宣傳和教育的功能並非沒有，不過表示的手法比較隱諱，立場也不完全一致。

二是新聞理論的層次上：

如果我們將理論的指導區分為普遍性理論和個別性理論的話，我們就發現兩岸的新聞理論的差異不在於普遍性部份而主要在於個別性理論部份，在個別性理論的差別上，最核心的差異是「立場」的問題，也就是「新聞哲學」的部份，在中國大陸的新聞實踐中，個別理論所起的指導作用和絕對性作用，永遠大於普遍性理論，如果對社會主義的新聞媒體的綜合評估不能注意此種差異，則在兩岸的新聞交流就不可能有交集點。而在臺灣的報刊的新聞理論完全來自西方社會，是以臺灣的新聞學者在對待中國大陸的新聞媒體時，也完全以西方國家的觀點去了解和批評，比較偏重實踐部份的批評疏忽對社會主義國家新聞理論方面的研究。

三是在新聞實踐的層次上：

中共新聞媒體明顯地表現出兩種特色：一是凸顯其報刊的民族主義的特色，在理論層次他們提出「具有中國特色的社會主義新聞理論」，在實際的新聞實務中，更是毫無隱諱地表現出「以我為大」的自主性；二是明顯地表現出宣傳重於資訊的編輯特色，然而就其宣傳的方法來看，似乎完全以顯性宣傳為主，因此其宣傳的效果就十分有限了。㊸而臺灣新聞媒體在實踐層次上則表現為報社的立場，報刊的風格的不同，而在處理兩岸新聞和國際新聞方面，政治立場似乎已不是第一優先的考慮，在宣傳和教育方面也多以隱性方法為主，因此呈現比較多元、活潑的風貌。

第二、在社會主義部份新聞理論的簡介中我們發現，社會主義新聞思想的三個來源：

一是反資產階級的新聞政策：

以馬列早年的經驗來看，他們最初關心的是解放和革命的工作，因此重視宣傳社會主義的思想，這樣自然與當時的統治者的思想相互衝突，因此他們的出版品迭遭查禁，是以馬列的新聞理論的根源是以反資產階級新聞政策爲出發點的，如反對普魯士的新聞檢查制度，揭露資產階級報刊中隱藏的政治性傾向和精神意義上的撒謊，觀點上的謊言，這些新聞思想無一不是在與資產階級政府鬪爭的過程中建構起來的，所以在他們的新聞觀上，就自然流露出反資產階級新聞政策的新聞思想，強調報復主義心理的新聞思想，後來這些中有的發展爲新聞理論的普遍原則，如反對新聞檢查、反對新聞「國家化」等，但是這一部份的新聞理論，到了中共建立政權之後，就從未加以實踐，甚至於我們發現目前社會主義新聞體系所執行的一系列的作爲，基本上正是馬、列原先所批評、所反對的新聞政策，結果在「爲無產階級服務」的口號完全恢復，而且新聞專政的更加徹底。

二是完全淵源于社會主義的政治哲學的部份：

社會主義新聞觀中部份是淵源於社會主義的革命運動的需要，這一部份與社會主義的政治理論有著共生的關係，如新聞媒介爲無產階級服務，強調新聞工作者的黨性自覺，黨對新聞工作的領導，新聞媒體是黨的喉舌和耳目，黨必須利用報刊開展批評和自我批評等觀點，然而在政權建立之後，中共仍然以革命時期的新聞觀來指導建設時期的新聞工作十分明顯，這一部份也是中共新聞實踐上爭議比較大，而且常常矛盾，衝突最多的地方，我們不妨回顧一下從八〇年初期中共新聞界在「新聞改革」的討論中所提出的課題，如「發揮輿論監督作用」「新聞體制改革卽黨與新聞媒體的關係」「新聞立法的必要性和新聞立法的本質」「新聞與宣傳的分工」等[44]，都顯示了大陸的新聞工作人員爭取新聞對政治的相對自主性的努力。當然中共當局到目前爲止，仍然十分強調這一部份的新聞理論，事實上這一部份的突破，必然連帶的第一部分也有所改變，這樣的話，新聞專政的現象就會瓦解。

三是從馬克思哲學中發展起來的社會主義新聞哲學：

馬克思的哲學思想是以辯證唯物哲學爲中心，由此而發展出他對歷史、社會的全部反省，建構出社會主義的一系列的相關理論，而新聞理論也是由此而加延伸，如：將新聞視爲上層建築的一部份，與學校、宗教、法律齊觀，因此新聞就失去其自主性的角色，成爲依附在統治階級上的工具。如新聞立場，傾向性的思想也是依經濟基礎的角色來劃分，新聞眞實性的問題社會主義新聞學界從「本質與現象」「局部和整體」的角度來思考等，這都是源自於哲學的思考，所發展出來的新聞理論，基本上這一部份才是中共新聞理論的眞正核心和基礎的部份。

從以上的分析來看，社會主義的新聞思想是自成體系，而且對自由世界的新聞理論和實踐具有攻擊性。因此，不論我們在新聞交流上作什麼，如果不能在這一部份與中共的新聞學界進行對話，一切的交流也就不可能有預期的效果。然而社會主義的新聞理論本身的盲點何在，中共的新聞界顯示不願公開反省。

第三、社會主義的新聞理論之反省：

一是理論層次的反省：

就理論層次而言：

中共毫無反省的將革命的「新聞理論」應用在共產政權建立之後，一方面表現了中共新聞理論的貧乏性；一方面也無可避免地造成馬克思所揭露「異化」現象，如果說資產階級的「異化」現象源自於「私有制」，那麼中共的「新聞專政」就直接源自於「政治的異化」，而間接源自於「公有制」，我們看到的現象是「私有制」的異化是多元，而「公有制」異化的結果，則是獨一的，無法反抗的，因爲政治的異化對人民而言，必然成爲政治的恐怖，於是此種「異化」，就與新聞理論的貧乏症形成一種循環的關係。這是中共新聞理論不能發展的主要原因。

有關「立場」「價值」等問題，在哲學界早就有了深刻的討論，一般而言，「立場」「價值」都是我們認識問題，理解現象時不可能沒有也無法避免的基礎，因此我們就必須擴大自己的視野，增閱大量的資訊，聆聽他人（包括敵人）的陳述，以圖消除明顯的偏見，發掘潛在的盲點，也就是說我們將介入事實的「立場」「價值」視爲「合法的成見」，但是我們不以此爲滿足而企圖找出「合法成見」的盲點。使得此一「成見」，對自己的認知障礙降到最低；馬克思將此種「成見」稱爲「報紙的內部限制」，他認爲此一限制是「歷史的又是無形的，完全取決於報刊四周的政治、文化氛圍」，但是依據馬克思思想所建構的社會，不但無法消除此一成見，反而使「成見」變成固執的偏見。

馬克思曾經沉痛的指出：「一旦新聞工作對他們的權力和影響感到絕望，一旦他們確信無論他們寫什麼都毫無區別；一旦他們寫出持不同見解的報導將會遭到懲罰，他們就會喪失信心；就只能滿足於僅僅報導『新聞』，也就是當局意下的所謂『正確的事實』。處在這樣的環境中，下一步就是人民失去了參與公共事務的興趣，隨之而來的則不僅是失去了『一個坦率而公開地發表意見的報刊的創造力，而且還失去了使這種報刊能夠開展工作，從而取得人民信任的唯一先決條件。而人民的信任是報刊賴以生存的條件，沒有這種條件，報刊就會完全萎靡不振』。」㊺然而對大陸的新聞學者而言，這些卓見都不能用來反對中共新聞體制，也未能成爲中共新聞學者重構馬列新聞理論的依據。不能不視爲他們的遺憾。

二是實踐層次的反省：在中共的新聞專制體系的運作下，在實踐上，最大的問題是造成了「立場論的墮性主義」和「新聞理論的教條化」的缺失：

就「立場論的隋性主義」來看：「立場」是中共新聞媒介的最大的保護圈，原本是分具有攻擊性的武器，在革命時期可以用以揭發統治者的僞善，也可以爲自己的觀點提出強而有力的辯護，進而啓發廣大無產者的革命意識，然而到了共黨建立政權之後，此種立場論就逐步「意識型態化」，一方面表現爲新聞爲統治服務的現象，一方面表現同行之間政治鬪爭的利器，這樣「立場論」對新聞市場而言，就只變成與論一律的政治工具，而對於新聞工作者而言，「立場論」就變成任何劣質新聞的屏障，不論新聞的眞、假，不論新聞的時效，不論新聞的價值，久而久之，必然形成劣幣趨逐良幣的反循環。客觀而言，「立場」確實是十分基礎的問題，在當代的民主社會裡並不如馬克思所說我們廻避「立場」的問題，我們認爲「立場」既然不可能預設，因此我們就不如創造一個人人都可以公開而無懼地表達其立場的社會情境，如此一方面由民意市場自由取決「立場」；另一方面也經由不同「立場」之間的公開「對話」而消除自己的盲點，使得任何「立場」都只是我們的起點，而非終點。這樣「立場」問題對新聞工作者的困境自然可以減少。而這一方面正是中共的新聞媒體所最欠缺的。於是「立場」成爲意識形態互相鬪爭的私器。

就「新聞理論的教條化」而言：我們發現中共的新聞理論完全來自馬克思、列寧等人，中共的新聞學者在論述新聞思想時也無不以此爲依據，從過去到現在，從崇俄到批史，其理由和論點完全相同，推崇時稱讚爲捍衞和發展馬列主義新聞理論的榜樣，批評時指責爲背離馬列主義新聞理論的指導，對任何人都是如此，所以中共在「新聞理論」方面的出版品不少，特別是在八〇年以後更是豐富，然而細觀其內容則大同小異，卽使在接觸西方的傳播理論之後，仍然以馬列爲立場來對待西方的傳播，這種完全盲信的立場，事實上應該是馬列主義者最不應有的「教條主義」的態度，馬克思就堅決反對別人稱其爲「馬克思主義者」㊻，因爲教條主義是進步的最大敵人，它是扼殺新聞理論的劊子手。特別是中共的新聞學在單一市場和政治壓力的限制之下，「新聞理論」方面可以說絲毫沒有進步，所謂「中國特色的新聞理論」自然沒有脫離教條的規範，由此一角度來看，中共報刊所表現的「自主性」在本質上是另一種依靠和依賴，而且也是依賴西方的思想，和中共天天要反對的霸權、帝國主義是相同的來源。

七、結　論

第一：透過以上的分析我們發現兩岸新聞媒體的最大差距，在於「立場」的問題，而中共在提出與我們「新聞交流」中，最忌談的也就是「立場」，中共中新社社長提出兩岸新聞交流的四條件時曾說：「一個中國，爲統一服務，不非難對方的新聞制度和思維方式，以及遵守對方的法律、規定、職業道德。」㊻其中前三點都與「立場」有關，而第三點尤其是中共新聞的理論立場。因此兩岸新聞交流循此前進，則我們可以肯定對兩岸誤解的消除沒有實質的幫助。因此在擴大持續新聞交流中，我們應該作那些努力就不祇是要求人的來去而已。

第二：我們以爲在新聞交流中人員的互訪雖然重要，兩岸出版品的平等發行，或是兩岸報刊締結姊妹報的關係，兩岸合力創辦一份出版品（非政治性：如中國文學研究，中國歷史研究），以至兩岸互派記者短期交流等自然都是可以嚐試的方法。不過這些還是停留在表層交流的思考模式上。

第三：本文以爲最要要的應該是臺灣的新聞學界應重視「社會主義新聞觀」的研究和探討，只有以學科研究的態度，才能使我們眞正了解中共新聞工作者的想法和從馬列觀點、從無產階級立場來看待事物，然後透過兩岸新聞界的學術交流、理論交流開展平等的對話、溝通，才是使中國大陸的新聞學者思考和理解非馬列的新聞觀，以便擴大兩岸新聞理論中相同的部份，創造更進一步合作的可能性。

第四：本文建議臺灣的新聞學界應加強「新聞哲學」的研究，唯有從新聞哲學的研究入手，才能在兩岸新聞學內對話中，產生更多的交集，也才能眞正爲中國人建立屬於自己的新聞觀，而此種「中國化」和「現代化」結合的努力，正是有助於提昇我們的新聞自主性，才能彌補中共學者努力的空白，成爲他們學習研究的對象。

註釋

❶ 自立晚報，七十七年三月十四日兩岸交流民意調查，贊成「開放兩岸記者之交流與採訪」者爲百分之六十八。

❷ 現階段大衆傳播事業赴大陸地區採訪、拍片、製作節目報備作業規定，民七十八年四月十九日，大陸工作法規彙編，行政院大陸工作會報編印，民七十九年九月，頁肆一九～二〇。

❸ 大陸各主要大衆傳播事業所屬有關專業人士來臺參觀訪問申請須知，民七十九年七月二十七日同前註書，頁肆三七～四二。

❹ 當然此一現象的主要責任是在中共當局，限制了大陸記者的採訪自由。

❺ 人民日報，一九九一年八月十九日。

❻ 同前註。

❼ 一九九一月八月二十日。

❽ 中國時報，八十年五月二日。

❾ 中國時報，八十年七月二日

❿ 中國時報，八十年六月二日。

⓫ 同註❾。

⓬ 孫旭培，國際新聞也可以上頭版頭條，新聞戰線，一九八九年三月，北京：人民日報出版社，頁一七。

⓭ 人民日報，一九九一年七月二日。

⓮ 人民日報，一九九一年九月二日。

⓯ 參看童兵，馬克思主義新聞思想史稿，北京：中國人民大學出版社，一八九九年十二月，頁五六～九〇。

⓰ 轉引自，Herbert Altschvll, "Agents of Power"-The Role of the News Media in Human Affairs NY: Longman Inc., 1984，權力的媒介，華夏出版社，頁一一三。

⓱ 馬克思，論普魯士等級委員會，馬克思恩格斯全集（以下簡稱馬恩全集）第四〇卷，北京：人民出版社，一九七五年二月，頁三三九。

⓲ 列寧，從何著手，列寧全集第五卷，北京：人民出版社，頁八～九。

⓳ 同註⓮，頁三三一。

⓴ 中國共產黨新聞工作文件滙編（下卷），北京：新華出版社，一九八〇，頁二五六～二五七。

㉑ 轉引自陳力丹編，馬列主義新聞學經典論著，北京：人民日報出版社，一九八七年七月，頁二一二。

㉒ 吳勤如，報紙與輿論－試論我國報紙的輿論功能，新聞戰線，一九八九年七～八月，北京：人民日報出版社，頁二六。

㉓ 恩格斯致奧倍倍爾（一八九二年十一月十九日）馬恩全集第三八卷，頁五一七～五一八。

㉔ 史大林和外國工人代表團的談話，斯大林全集第一〇卷，頁一八一～一八二。

㉕ 楊開煌，大陸政體下的媒介組織及角色之變遷－解釋典範的探討，大陸傳播媒體學術研討會論文集，臺北：銘傳管理學院，八十九年六月十九日，頁一－四～一一。

㉖ 恩格斯致馬克思，馬恩全集第三三卷，頁一五－一六。

㉗ 國際評述㈢，馬恩全集第七卷，頁五二三～五二四。

㉘ 致涅瓦明星報，列寧全集第三五卷，頁二二二～二二四。

㉙新聞學基礎，余家宏、寧樹藩、葉春華主編，安徽：人民出版社，一九八五年九月，頁七七～七九。

㉚鄭興東，在「論新聞價值」一文中只提及時、新意、重要三者，新聞學論集第二輯，北京：中國人民大學出版社，一九八一年二月，頁六四～八四。

㉛甘惜分，什麼是新聞，新聞學論集第一輯，北京：中國人民大學出版社，一九八〇年九月，頁二八～二九。

㉜同註㉚，頁七二～七四。

㉝同註㉛，頁一六。

㉞同註㉛，頁三五～三六。

㉟同註㉚，頁六九。

㊱陳業劭，社會主義新聞事業是不是「無產階級專政的工具」，新聞學論集第二輯，一九八一年二月，北京：中國人民大學出版社，頁六三。

㊲馬克思，摩塞爾記者的辯護，馬恩全集第一卷，頁二三六。

㊳馬恩全集，第四〇卷，頁三六〇。

㊴同註㉑，頁二一一。

㊵列寧，向國際社會民主黨報告我們黨內的情況，列寧全集第九卷，頁二一三。

㊶林楓，重提新聞眞實觀，新聞戰線，一九八九年十月，北京：人民日報出版社，頁一。

㊷季燕京，新聞眞實性的認識內涵及其辯證本性，新華文摘，一九九一年五月，頁一六三～一六七。

㊸首都知名人士對新聞工作的評估、意見和要求，新聞戰線，一九八八年四月，頁一〇。

㊹參看，八方人士談新聞，新聞戰線，一九八八年一～十二月。

㊺ 同註⑯，頁一〇七～一〇八。

㊻ 同註⑯，頁一〇二。

㊼ 中國時報，民八十年十月三日。

附件一

「閩獅漁案」兩岸報刊媒體報導比較表

項目＼結果＼報刊	中央日報	人民日報
天數	35	15
新聞則數	209	28
評論	23	1
照片	42	3
版面	6(一、二、三、四、六、十二)	1（四）
總篇幅	15•28	2•25
平均佔有篇幅	0•43	0•15
備註	(1)總篇幅之統計方式，係測量每則消息在該版中佔有面積（長×寬），再將各則面積相加，得出總面積，以總面積除每版面之面積（如15.28，則為十五又三分之一版）。 (2)平均佔有篇幅為總篇幅除以天數。	

附件二

「蘇聯政變始末」兩岸報刊媒體報導比較表

項目＼結果＼報刊	聯合報	人民日報
天數	7	7
新聞則數	338	26
評論	36	0
照片	57	2
版面	7(一、二、三、四、五、六、七)	2（一、六、）
總篇幅	25•92	2•16
平均佔有篇幅	3•70	0•23
備註	同附件一之備註。	

附件三

「國際版」兩岸報刊媒體報導比較表

報別	中國時報						
新聞內容分佈	國別						
	美國	蘇聯	西歐	日本	澳洲	中共外交	全球性
	20	22	2	2	0	0	6
	第三世界						
	非洲	亞洲	中東	東歐	中南美		
	6	20	41	8	3		
	共黨國家						
	蘇共						
	2						
統計	132						
照片	21						
專論	32						

報別	人民日報						
新聞內容分佈	國別						
	美國	蘇聯	西歐	日本	澳洲	中共外交	全球性
	15	11	13	3	3	26	24
	第三世界						
	非洲	亞洲	中東	東歐	中南美	其他地區	
	9	25	33	11	15	8	
	共黨國家						
	蘇聯	朝鮮	蒙古	南斯拉夫	阿爾巴尼亞	其他	
	3	6	4	2	3	6	
統計	196						
照片	44						
專論	2						

官方媒體在兩岸交流中的角色分析

——「以人民日報」和「中央日報」爲例

政大國關中心副研究員
宋國誠

前言

我國自一九八七年十一月開放探親以來，兩岸之間的民間互動，無論在深度和廣度上，皆日趨複雜和擴大，兩岸互動的影響及其效應，亦由政府政策的層面延伸至一般民衆的社會生活，在兩岸交流日趨頻繁緊密的趨勢中，新聞媒體已經或者將扮演更加重要的角色與功能，其中，深入瞭解兩岸官方媒體在各自闡述其相對政策的言論內容與取向，以及如何運用傳播以宣傳或推動其相對政策，應是研究當前兩岸關係之互動性質與未來趨向的重要課題與途徑。

本文採取簡易之質的「內容分析法」，分別就中共「人民日報」（包括國內版與海外版）報導臺灣事務方面，進行議題分類、言論分析及宣傳功能的探索，並就「中央日報」有關兩岸關係之「社論」，做抽樣解析和評估，藉以瞭解兩報在兩岸新聞傳播的和政策宣達方面的特性與功能。

「人民日報」國內版主要在執行中共對臺政策的說服與辭辯的功能，其傳播議題的選擇，扣緊了臺灣內部政局之發展，具有濃厚的「質辯」和「對話」色彩；「人民日報」海外版則首重鄉情連繫和經貿利誘。因此，政治說服和經貿統戰是該報在兩岸關係上所扮演的兩大角色與功能。

中央日報則以闡釋我國大陸政策的精神與內涵，在兩岸關係上，該報扮演了積極的「反統戰」功能。

壹、中國大陸的報業特性

在中國大陸，報紙從來就不是獨立的新聞傳播事業。其新聞事業的理論基礎，意識型態、傳播功能、目標和服務對象，皆與自由世界有本質的差異。❶中國大陸的新聞媒體實際上是政府的一部分，而且報紙的內容受到事前嚴格的審查，其組織與運作皆被納入政治機器之中且置於黨的周密監督之下。從理論上來說，中共的新聞事業必須依據馬克思列寧主義和社會主義政治原理來運作，必須具備辯證唯物主義的科學性，忠於報導人類在自然鬪爭和社會鬪爭的物質事實。❷從意識型態來說，黨性與組織紀律則是新聞從業人員的最高準則，此項準則的內涵則是服從黨的路線、方針與政策，並與中央保持政治上的一致。❸近幾年來，尤其是一九八八年新聞改革之後，大陸新聞事業有較爲活潑與開放的發展，但並非其基本性格的轉變，而是傳播功能和訴求目標走向較多元化和社會化的型態。今年一月，中共「中華全國新聞工作者協會」通過了一項「中國新聞工作者職業道德準則」，其中仍然強調新聞工作者要貫徹執行黨的基本路線，堅持新聞爲社會主義、爲人民服務的基本方針，但也強調必須維護新聞眞實性，堅持公正客觀和促進國際友好和協作等八項原則。惟新聞報導的方式仍然必須以「正面報導」，只能「歌功頌德」，不得「抹黑塗色」。❹

「人民日報」是中國大陸最大的黨營報紙，以宣揚黨的政策爲唯一之宗旨。每日發行約五百萬份，其內容與走向，是觀察中共政局演變不可或缺的方向球。

貳、「人民日報」國內版臺灣新聞之評析

筆者從民國七十九年十月一日起至八十年八月三十一日止（從我國設立「國統會」以至「閩獅漁案」結束），總計選樣了七十八篇報導或評論。就議題分佈來看，其中有關亞運主辦權問題占一篇，兩岸遣返問題占二篇，統一之呼籲占十五篇，報導臺灣行政院占一篇，文化交流問題三篇，報導臺灣宗教一篇，批判臺獨占三篇，學術交流占五篇，報導臺灣響應統一之言論占四篇，報導臺灣政局不安占一篇，批評臺灣大陸政策占二篇，批判「國統綱領」占四篇，報導臺灣國會占二篇，報導海基會及兩岸交涉事務占五篇，批判我國終止動員戡亂二篇，三通之呼籲占四篇，批評我國務實外交占四篇，報導臺海漁民糾紛占十九篇。

若將選出之七十八篇評論或報導，做大體之歸納，則約略是如下情況：

1. 有關中國統一之主張和宣傳者占十九篇
2. 有關兩岸交流及互涉事務者占十九篇

3. 關於臺海漁民糾紛及其協商處理者占十九篇
4. 有關臺灣內政及臺獨問題者占八篇
5. 有關臺灣之外交問題者占五篇
6. 批評我大陸政策者占八篇

若從具體的新聞陵越和環境動態來看，由於八十年七月二十一日發生了「閩獅漁事件」，隨即又發生了大陸紅十字會來臺人道探視問題和大陸記者來臺採訪事件，所以臺海漁民糾紛因新聞熱潮而占據大量的篇幅；而有關兩岸交流事項又大都不具顯著的新聞版面，在本文中擬予刪除討論。而從「議題設定」(agenda-setting) 的觀點來看，在七十八篇選樣中，實際上占重要地位的是有關中國統一主張之宣傳和對我國內政、外交及大陸政策的辯論與批判。

一、對臺政策之政治說服功能

從「人民日報」國內版七十八篇選樣中，我們發覺「人民日報」國內版在處理兩岸關係的新聞時，「事實報導」和「資訊傳遞」的功能顯然上占據重要的地位，換言之，在兩岸互動過程中，「人民日報」國內版對新聞素材的蒐集和編採並無太多的興趣和著墨，相反的，它主要在執行傳播行為中政治說服 (political persuasion) 的兩個基本功能：政治宣傳 (political propaganda) 和政策辭辯 (policy rhetoric)。

政治說服是傳播理論中耳熟能詳的概念，它是政治傳播重要的過程與面向。所謂「說服」，簡單言之，就是透過語文或非語文的方式改變人們的態度、信念或行爲。❺根據若干傳播學者的定義，說服通常是指引發新的意見之過程，它經由符號的使用，使消息來源與接受者共同產生認同與合作。而符號的使用和轉換，有時是經由「影響談論」(influence talk)❻而相互影響，有時則經由間接強制的方式訴求於被說服者的理智與情感。❼傳播學者Robert N. Bostrom認爲，傳統意義下的說服包括兩個基本要素，一是說服係通過某種特定的傳播活動，二是說服之結果涉及信念、立場、態度和行爲的變化過程，換言之，說服是一種產生態度與行爲的傳播活動。但說服並不只是「告知」(informing)，因爲資訊固然是傳播活動不可或缺的內容，但資訊並不必然企求任何明顯的反應，但說服的特性卻在於它是企求接收者某種形式的反應。❽

政治宣傳是一種顯明的、有計劃的組織所進行的操控性宣傳，其目的是企圖影響羣衆的認知與心理，並啓發積極的或消極的參與行動。筆者在這裏，以「傳播內容」和「期望反應」兩個面向，來解析「人民日報」國內版對前述幾項傳播議題的宣傳過程。

在有關中國統一的呼籲上，中共透過「人民日報」國內版，採取反覆闡說和幾近循循善誘的傳播技巧，在文字措辭上表現了極大的耐性和虛心。該報對統一問題的宣傳顯然並非採取「煽動性宣傳」而是採取「結合的宣傳」(propaganda of integration)，其宣傳重點在於思想的改變，使讀者接受某種主義，成爲個人思想的一部分。❾玆舉例說明：

㈠在一篇報導中共「國家主席」楊尙昆於接見中國時報特派採訪團有關中國統一的談話中，該報以「在臺島內外引起很大反響」做了顯要的宣傳。這篇報導中闡述了「同胞不打自己同胞」、「增加兩岸接觸交流」、「儘早展開國共兩黨對等談判」等理念；並引述臺灣學者的積極回應爲佐證，以凸顯中共統一構想之合情與合理，其中還以臺灣學者呼籲臺灣之大陸政策有必要檢討和調整，有必要了解中共的想法；該報導還引述香港媒體的回應，表明海外「渴望看到海峽兩岸的統一僵局儘快實現突破」、「兩岸先談起來比不談好」等意願。⑩可以看出，這篇報導（分別刊於一九九〇年十一月十日一版頭題又再刊於臺灣新聞固定版面第四版的頭題位置）旨在訴求幾種期望反應：

1.在對臺使用武力上，聲明武力並非針對臺灣同胞，此不僅說明武力是針對「意圖使臺灣陷於與中國對立分裂的外國干涉勢力」，而且著重澄清臺灣人民對中共武力犯臺的誤解與疑慮。

2.倡言國共兩黨對等談判，是設身處地爲長期固於「法統」象徵和主權困擾的國民黨而設想的。藉此凸顯中共是寬大的，誠心的和理性的。

3.呼籲擴大兩岸「雙向對等交流」，目的是要逐步消除相互之間的對立情緒，增進彼此共識。並間接抨擊臺灣「只出不進」的單向交流是一種人爲地設置障礙的做法。

(二)「人民日報」國內版除了直接闡述中共的統一理念與構想之外，還以顯著篇幅報導臺灣與論對統一的呼應與支持。在一篇引述臺灣「聯合報」八十年元旦系列社論「海峽兩岸共同促進和平統一獻言」的報導中，該報以「希望由此引發海內外合力推動和平統一」爲訴求重點，並著重強調「一個中國與統一是海峽兩岸共同的信念」，在此目標下，「無論從民族情感、同胞之愛，以及兩岸共同利益來看，『和平統一』是兩岸中國人無可取代的共識」，並強調「統一並非一蹴可即的，必須經由『和平轉換』的過渡階段；在此過渡期間，分裂雙方和平相處，以互助合作方式，共同建設國家統一的巨大工程」。該報導對此系列社論要求中共放棄使用武力，以及提出「臺灣不搞分離、大陸不用武力」的「新民族大義」，做了不帶攻擊字眼的隱式性批評，指其把性質截然不同的兩個問題混淆在一起；顯示中共高度重視臺灣內部「回應統一」的言論，⓫但對「一國兩制」與「四個堅持」則無任何妥協的跡象。

㈢中共爲達統一說服的多元化和深入化，還動員外圍組織和民主黨派撰文進行宣傳。如「中國國民黨革命委員會中央委員會主席」朱學範，在紀念孫中山先生誕辰一百二十週年，以「繼承遺志、統一中國」爲題，號召統一，強調「實現祖國統一，爲中山先生的遺志，完成這一大業，中國共產黨有責任，中國國民黨也有責任」⓬。其用意顯然訴諸國民黨革命情感，造成以緬懷總理、完成遺志的統戰壓力。「民革」副主席賈亦斌、「黃埔同學會會長」侯鏡如亦出面呼籲。賈亦斌提出四項建議，政治上兩岸共同反對台獨；經濟上雙方交流合作，互補互利，社會治安上兩岸共同打擊犯罪、做好相互遣返工作；文化上兩岸弘揚民族文化，增強民族凝聚。⓭侯鏡如則期許海內外「黃埔同學」加強聯繫，號召國共進行第四次合作，並提出「祖國尚未統一，同志仍須努力」的呼籲。⓮「臺灣研究會」會長程思遠在一篇「國民黨應把握時機促進兩岸和平統一」的文章中，則指出國民黨繼續堅持「中華民國法統」爲沒有前途的，並且成爲「祖國統一」的障礙。⓯這些報導一則以同學、同志情誼相號召，一則又誇大國民黨生存困境的危機效應，在政治宣傳上可謂「軟化」與「攻堅」兩手併用。

二、對臺大陸政策之辭辯功能

「人民日報」國內版對我國內政、外交及大陸政策的批評，明顯的係在執行一種「政策辭辯的功能」。「辭辯」一辭據傳播學者 Dan Nimmo 的觀點，爲指一種雙向溝通過程，參與辭辯之雙方均有目的的透過彼此言辭或行爲的互動來影響對方的觀點；經由辭辯的過程，說服者與被說服者共同塑造了某種信念、價值與期望。⑯根據 Nimmo 的觀點，辭辯爲通過人際溝通的方式完成，對象爲特定的被說服者，而非不特定的個人或羣體。⑰傳播學者 C. Perelmann 在其「The New Rhetoric」一書中指出，辭辯爲關於論證（argument-ation）的理論和運用，目的在強化說服和俱服聽衆，其內容則涵蓋了政治和包括科學事務在內的人類活動領域。⑱傳播學者 K, Burke 則認爲，辭辯起源並訴求於人類本爲「符號使用」(symbol-using) 的動物和原本具有合作天性，辭辯是運用象徵符號或語言，以促進合作、達成認同之手段和策略。⑲學者 Lloyd F, Bitzer 則認爲，辭辯爲一種說與聽之間相互探索和溝通的方法，其功能是在現實的人類生活中塑造判斷。辭辯與政治宣傳不同之處在於，宣傳是把眞理和價値視爲「策略性角色」，宣傳是使聽者相俱並符合宣傳者的願望，辭辯則是「理性的說理」(rational justification)，它把眞理與價値視爲必須恪守的規範則原。⑳

本文所稱的「政策辭辯」(policy rhetoric)，與前述之辭辯概念相當接近，但未必完全相同。政策辭辯也通過理性的說理或「對話」(dialo-gue)，但未必是恪守眞理和價値爲規範原則，其主要功能是針對某些政策或理念，進行「辯護」(defensive)、「解說」(ela-boration)、「袪謎」(demyth) 和「論證」(argumentation) 的過程。換言之，係指中共對我國之大陸政策與外交活動所進行的辯論，以及對我國之應「不作爲」與「應作爲」所提出的批判和期許。玆舉例分析如下：

(一)我國於八十年五月一日宣佈終止「動員戡亂時期」，此一政策變化，中共迅速而立即有所反應，但卻採「寓貶於褒」的宣傳策略。在一篇署名「本報評論員」、題爲「評臺灣當局終止動員戡亂時期」的文章中，該報指出「動員戡亂」原本卽是一種「反共反人民的政策」，是國民黨死守「老法統」的產物，在近期島內外各種壓力下，臺灣爲了「緩解矛盾、穩定政局」，乃不得不予以終止。[21]

該報還指出，近十年來臺海關係的和緩，主要是因爲中共提出合理的政策措施，臺灣當局也採取了一些「順時應勢」的措施，從此一角度言之，臺灣終止動員戡亂應是值得鼓勵的。評論文章指出臺灣畢竟做出一些符合中共所願的措施，至少動員戡亂的終止意味著「正式結束國共兩黨之間所謂的『內戰狀態』從而客觀上有助於降低敵意、有利於兩岸關係發展，是一件『早就該做』的事。」但是，評論文章中也強烈的指陳，臺灣與此同時又強調反共國策不變，將中共視爲「具有敵意的政治實體」，執意推行「彈性務實外交」，並幻想以臺灣經驗來和平轉變大陸，都是不現實也根本行不通的。由此來看，中共對我國終止動員戡亂是採取「有條件肯定」的態度，但也從中塑造我國政策推行上「表裏不一」、「實際與幻想差距太大」的意象。

在另外一篇由「中國法學會海峽兩岸法律問題研究會副會長」余叔通所撰的「簡論所謂『終止動員戡亂時期』」的文章中，[22]提出四點論證作爲政策辭辯的依據。首先，中共聲稱「戡亂」本是非法，它是第二次國內戰爭時期國民黨「剿匪政策」的延續。在此一論證上，作者對國民黨做了強烈的醜化和攻訐；其次，不能以臺灣堅持的「法統」作爲對待兩岸關係的法理依據，在此一論證上，中共全面否定了中華民國憲法和政治統治的法理依據；再者，該文宣稱「政治實體」定位，是對兩岸法律關係的混淆與顚倒，理由是把國際法和國內法的不同概念予以夾雜混同，顚倒了北京爲中央、臺灣爲地方的法律格局，在此一論證上，其實是中共一貫堅持之「一國兩制」的法律陳述而已；最後則攻擊臺灣企圖發展「國際活動空間」，所持理由是國際席位的占有是國家主權的體現，一個國家只能有一個完整的主權，旣不能分割，也不能共享。總結而言，這篇文章中無非就是申論中共爲合法唯一之正統，並企圖正告我國此爲客觀無法改變之事實，並從中塑造我國在執行大陸政策上「心懷二意、畏葸不前」的形象。

（二）在評論我國「國統綱領」的言論中，該報以近似「爲德不卒」和「藩籬未拆、障礙依舊」的基調進行批判。[23]在一篇由「中國社會科學院政治學研究所」吳大英所撰的「評『不否定對方爲政治實體』」的文章中，對我國「國統綱領」中「對等政治實體」概念，提出了論辯。文章中指出臺灣把大陸重新定位爲政治實體而不再視爲「叛亂團體」，誠然是一種進步，但臺灣提出此一概念的眞正用意，不在於「實體」而在於「對等」，其涵意爲臺海兩實體在國際間相互尊重、互不排斥，本質上是作爲臺灣在國際上發展雙重承認的政治準備。文章還指出，若中共非要接受臺灣所提「政治實體」的概念，則可將中國視爲「大的」政治實體，臺灣和蒙古、上海一樣爲此大政治實體下的「子政治實體」。由此來看，該文之目的旨在塑造我國大陸政策虛幻而不切實際的意像。

（三）在有關臺灣內政與臺獨運動的評論中，該報採取了「負面形象塑造」和「兩面施壓」的辭辯策略。在一篇曾經來臺採訪的「新華社」記者范麗青所撰「一九九〇年臺灣政壇動盪不安」的文章中，將臺灣政局描繪成草木皆兵式的黑暗局面，將第八任正、副總統選舉說成國民黨「遷臺四十年來最嚴重的內鬪」。[24]另外，該報還刻意報導了臺灣國會的「打鬪實況」[25]這些報導雖大多引述臺灣報紙的評論，但其刻意的選材亦有向大陸人民示範「臺灣資本主義議會民主竟是如此模樣」的意味。在有關臺獨問題上，該報對我國指稱臺獨是中共國際外交上壓縮威逼的說法，提出了反駁，認為早在四十多年前，臺獨在外國勢力的支持下早已存在。而中共對臺獨的反對立場是強烈而鮮明的，除了指陳臺獨各種可能的政治期望和出路皆是不切實際和虛幻的，[26]同時指出臺獨份子從「住民自決」到「新國家運動」，「起草中國大陸關係法」到「臺灣事實主權獨立論」，在一系列的試探得到臺灣當局的寬容之後，又再次成立「主權獨立委員會」，逐步走向組織化、行動化、體制化。[27]然則，中共也發動香港親共媒體「文滙報」，在一面抨擊臺獨運動逐級昇高的態勢時，卻也認定臺獨的肆無忌憚與國民黨採取放任態度有直接的關連。[28]顯示該報有意藉臺獨問題向國民黨和民進黨兩面煽火和施壓，一方催促國民黨必須有效扼止臺獨的分離傾向，一方面則逼迫國民黨與大陸實質接觸或進行政治談判。

（四）在有關推動兩岸交流及「直航」問題上，該報則採取了軟性的鄉情訴求和實際的經濟效益來說服。在一篇訪談中共「交通部」發言人的文章中，羅列了兩岸直航的諸多益處：

1.彌合兩岸人民長期隔絕的心靈創傷，滿足兩岸人民相互交往的殷切願望。

2.實現海上直航，可以發揮運量大、運價低、航距短的獨特優勢，目的在促進航運界、工商界及兩岸同胞的利益。

3.實現海上直航將有助於推動兩岸經濟的互補互利，而經濟的互惠與合作，將有利於增強認同感與凝聚力，有利於最終實現和平統一。

叁、「人民日報」海外版臺灣新聞之評析

「人民日報」海外版，對於臺灣事務、兩岸關係和統一言論，在篇幅和數量上，要比「人民日報」國內版多得許多，這主要是因爲「人民日報」海外版係透過香港向海外中國人發行，尤其是以海外臺商爲訴求重點。由於訴求的重點不同，其傳播方式和內容自然略爲不同於國內版。其報導方式也都以「專欄」形式製作，分別以「今日臺灣」、「情滿家園」、「海峽兩岸」等專欄長期而固定的報導。筆者從一九九〇年十月起至一九九一年八月止，總計抽樣了五百五十篇報導和評論，其議題分佈如下：

有關臺灣經濟動態占四十八篇，其中包括有關臺灣景氣低迷之報導占十四篇，各種企業經營之困境占八篇，經濟衰退問題十二篇，物價上漲問題占一篇，黃金外移問題二篇，臺灣經濟政策五篇，臺灣股市五篇，地下經濟一篇。有關兩岸民間交流（包括探親、旅遊、工商考察）占了五十二篇，有關臺商赴大陸投資及臺商在大陸的經營狀況占一〇〇篇，爲各項議題中報導頻率最高者；批評我國統會及國統綱領者占五篇，批評我大陸政策占了十七篇；關於中國統一之理念及宣傳者占六十一篇，關於國民黨黨務及政爭者占四篇；關於臺灣國會之亂象者占二篇，兩岸經貿來往者占三十二篇；批判臺獨問題者占二十篇，批評我終止動員戡亂者占六篇，批判臺灣務實外交者占二篇，報導臺海漁民糾紛及大陸紅十字會來臺事件者占十七篇；兩岸鄉情統戰者占二十六篇；有關臺灣政情者十二篇，報導臺灣社會腐化現象者占十篇，臺灣旱災占三篇；兩岸文化交流占二十二篇，呼籲「三通」（直航、直接投資、雙向

來往）者占二十八篇；學術交流活動者占十六篇；大陸臺胞及臺屬之接待服務者占二十九篇；兩岸農漁業交流占七篇；呼籲兩岸經濟合作及共同開發者占十一篇，體育交流占一篇；科技交流占六篇，新聞合作及資訊交流服務占九篇，有關「二二八」紀念事件之報導占了四篇。

如果將總計五百五十篇的選樣作大體歸納，則呈現如下情況：

1. 有關臺灣經濟危機與社會困境者占六十一篇；
2. 有關臺商赴大陸投資之熱潮及宣傳兩岸經貿之利益者占一三二篇；
3. 有關「三通」、兩岸民間交流及學術、文化、農漁、科技等經濟合作事項共占一七〇篇；
4. 有關「三通」及國家統一之宣傳占八十九篇；
5. 批評我國之內政者占七十八篇。

以上五大議題，占全數五百五十篇樣本的五百三十篇。

「人民日報」海外版的宣傳方式不同於國內版，除了議題比重和取向不同之外，其報導方式以「聯絡鄉情」、「提供經貿資訊」、「塑造臺灣經濟沒落印象」、「美化大陸投資環境」爲主，其在感情凝聚和經貿統戰方面著墨較多，經濟說服功能遠大於國內版。換言之，「人民日報」國內版的傳播功能偏重於「政治對辯」，海外版則偏重「鄉情籠絡」和「利益遊說」。整體而言，海外版是在執行中共中央及各級政府對臺政策中「以民促官」、「以商圍政」的策略手段。

一、鄉情聯絡功能

在鄉情聯絡方面，海外版採取了如下的訴求內涵：

1. 報導臺灣製作的電影和電視影集在大陸造成轟動感人的場面，藉以烘托兩岸人民血脈相連、情同手足的理念。如在一篇「親情、鄉情、海峽情」的報導中，將臺灣製作的「媽媽再愛我一次」影集中感人情節和造成大陸內地的轟動，描繪成「把億萬觀衆感動得聲淚俱下，掀起情感的波濤」，並且把這種隔海相繫的鄉情，轉化爲改革開放和兩岸經貿往來的成果，從而使「壓抑了四十餘載的親情、鄉情、海峽情迸發出來」。㉙另外，該報還成篇累牘地報導兩岸人民在大陸官員和同胞熱心協助下，骨肉相會、親情迸烈的感人場面，並不時流露出海峽隔絕的殘酷與不幸，並影射臺灣「三不」政策的不合理。例如在一篇「海峽深千尺、不及同胞情」的兄妹相會報導，藉返鄉臺胞口中，說出「祖國大陸處處有熱心人」的感性口號。㉚又如兩岸文化交流活動，該報亦不免以「情」字大加織染襯托，如在一篇「一筆一畫總關情」的文章中，報導了一場兩岸江蘇淮陰鄉親書畫聯展，記者筆下不忌寫著「一字一畫都抒發海峽兩岸淮陰鄉親的胸臆，寄託著他們的萬縷之情。」記者還描述其中一幅臺灣畫家「回鄉見娘記」的作品，作品描述一母親因子去臺多年，以淚洗面以致雙目失明，四十多年母子重聚後，母親雙目竟然奇蹟般地復明。㉛在這裏可以看出，該報可謂極盡文字筆墨，來強化兩岸交流之迫切願望和共同心聲。甚至，該報還對臺灣「中時晚報」報導我國「國安會」秘書長蔣緯國期盼與在大陸之異姓兄弟金定國會見之新聞，做了轉述特別報導。㉜顯示該報不僅擴大報導民間思鄉返鄉之熱潮，同時也強化宣傳臺灣高層人士的思鄉之情。

2.大幅報導大陸各省接待臺胞的殷切與熱情，藉以凸顯海外華人對大陸「人情味的好感」，以袪除過去海外華人、臺胞及臺商「恐共」、「懼共」的心理，並企圖將「統一」問題與中國人愛鄉土的傳統美德相聯結。例如在一篇由「社科院」「臺灣研究所」所長姜殿銘執筆的「交往增進共識」的文章中，作者強調「兩岸同胞皆有強烈的愛鄉之情，通過接觸與交流增進彼此瞭解，在愛國與統一的問題上總能找到更多的共識。[33]例如報導「深圳臺商協會」和「北京臺資企業協會」如何積極維護臺商權益，提供臺商與當地政府協調連繫之服務，爲臺商排憂解難等。[34]另外，在一篇訪問新任「全國臺聯會」會長張克輝的談話中，特別強調祖籍臺灣彰化的張克輝的工作熱情與方針，張氏強調未來對臺工作的重點在於發揮羣衆團體的優勢，發揮「以臺引臺」的效果。[35]而在一篇「大水無情、政府有情」的報導中，敍述大陸華東水患中，江蘇省各臺胞接待站人員不顧自家水患，優先搶救返鄉臺胞的熱情。[36]甚至連南京車站臺胞接待處爲臺胞從事「優先買票、優先託運、優先上車」等服務，亦予以特別報導。由這些鉅細靡遺的報導中均顯示中共爲吸引臺商，營造兩岸交流的溫暖氣候，尚且不忌宣傳「只要是臺胞，就算市井小民，也能受到中共政府特殊禮遇」的信息，可見其鄉親籠絡工作之深入與細膩。

3.以名人訪問及意見領袖的呼籲，傳達統一之願望和兩岸「三通」之益處。例如在一篇訪問「全國記者協會書記」唐非的談話中，即指責臺灣對兩岸新聞採取「來（大陸）而不往（臺灣）」的不合理措施。[37]在訪問「中國奧會主席」何振樑時，提出兩岸儘早實現雙向體育交流的呼籲。[38]在訪問香港中文大學教授閔建蜀的談話中，提出了大陸、香港、臺灣三方經濟合作的可行性，形成一「中國共同市場」和整個中國經濟的國際競爭優勢。[39]在訪問岸交流和儘速統一的宣傳。

「全國婦聯」副主席黃啓璪女士，提出兩岸姊妹携手共同爲根除重男輕女封建思想殘餘作出貢獻。[40]另外，「中華文化聯誼會」會長劉德有發表談話時也強調兩岸應進行高質量的文化藝術交流、展覽和表演，並且願意隨時與臺灣方面簽訂文化交流計劃。[41]這種透過「名人專訪」和不同背景、各具代表性之意見領袖的訪談報導，無非是有系統的從各個層面來加強兩岸交流和儘速統一的宣傳。

二、臺灣經濟負面形象之塑造

有關臺灣經濟情勢的惡化、社會治安的敗壞等報導，在「人民日報」海外版上，佔據了許多且重要的篇幅。這一方面是企圖製造臺商對臺灣經濟環境的「離心意識」，在國際間對臺灣作否定性的「形象塑造」，一方面也意味著該報刻意扮演「守門人」的角色，極力過濾或淡化所謂「臺灣經驗」或「富裕臺灣」印象對大陸人民及海外華人的衝擊。

通過內容分析將可發覺，舉凡臺灣經濟活動的各種負面因素，從物價波動到股市漲跌，從經濟成長下降到一家鞋廠倒閉，都在該報的報導範圍之內。玆舉其中顯著案例做爲說明。

臺灣經濟面臨衰退、景氣低迷、產業外移和百業蕭條是該報報導臺灣經濟的主調。諸如經濟指標連連下降、出口貿易明顯減少、資金外流日趨嚴重、股市跌幅創下記錄、失業人數不斷上昇、通貨膨脹壓力增大等。[42]又如臺灣中小企業財務危機嚴重，倒閉之風時有所聞。[43]臺灣島內產業資金外移，一九九〇年一年卽有百億美元之「失血」現象。[44]另外，對於臺灣對大陸經貿政策的諸種限制，以及臺商之不滿與怨言，該報也作了批評和聲援臺商的評析與報導。[45]

近期以來，中共對臺灣之研究泰半偏重臺灣的經濟問題，多數之結論皆傾向以「兩岸經貿合作」來挽救臺灣「淺碟型」和「外賴高」的經濟型態。例如該報一篇「臺灣經濟的衰退與出路」中，即強調臺灣對外貿易向大陸市場轉向，是擺脫臺灣經濟困境的良策。[46]這些都顯示該報對經濟統戰工作的熱衷和著力。

三、臺資熱潮之報導

在有關臺商赴大陸投資之熱烈與頻繁，報導大陸投資環境之優越以及中共當局在吸引、規劃、輔導臺商投資設廠之殷切與踏實，可以說是「人民日報」海外版的重頭工作，換言之，該報積極扮演著中共吸引及利用外資的政策宣導和協助工具，無論在提供商情資訊、法律諮詢、行政協調和利益保障方面，該報皆以「一片大好」、「勢頭當潮」的姿態，大幅而深入的報導。茲舉其中主要案例說明：

1.臺商赴大陸投資的動態與熱潮。例如在一篇「臺商大陸熱並未降溫」的評論中，就指出一九九〇年上半年與下半年臺商投資型態之不同，臺商的考察活動已進入務實階段，並非僅停留於瞭解參觀的層面，更多的是與對口行業研究投資項目等具體事宜；臺商的投資活動還呈現了由走馬觀花式變化爲安營紮寨方式。該文還指出，於一九八八年才開始大規模在大陸投資建立的臺資企業，經過簽收、建廠、試產、投產等環節，一九九〇年起全面進入盈利期，利之所在，將令臺商更趨之若鶩。[47]又如一篇由「臺盟」中央主席團主席蔡子民所撰「臺商投資大陸出現新熱流」的文章中，指出臺商近年來何止活躍於東南沿海城市，投資區正由南方向北方發展；一部分臺商由短期經營行爲轉向長期經營打算，由兩三年內即能回收的短期操作逐步轉變爲一、二十年的長期投資計劃，而數十家企業「圈地投資」已成臺商投資的普遍方式。[48]

2.以深入報導大陸各地之「臺商投資區」活動情況，以廣爲宣傳「條件優、獲利豐」等，來加強對臺商的遊說與吸納。如福建省臺商投資情況是「語言相通、習俗相同、血緣相親，三年接待臺胞七十萬」。[49]又如上海情況，三年中滬臺貿易達二億五千萬美元，臺資企業近百家。[50]又如安徽和江西上饒推出鼓勵臺資優惠辦法，開展多樣貿易往來，[51]又如福建於連江縣琯頭籌建全省最大的對臺貿易碼頭，而厦門杏林一地臺商投資就超過二億美元。[52]其他報導臺商投資重點區如福建漳州、泉州、莆田、東山、福州、海滄、晉江、霞浦、龍海等；廣東的深圳、梅州、汕頭、寶安、東莞；海南省的瓊州、海口市；江蘇的蘇州、無錫、太倉、鎮江、連雲港；山東的煙臺、臨沂、青島、濟寧、濟南、昌樂、萊州、石島港；山西的晉城；湖南的衡陽、常德；江西的豐城；湖北的遠安、武昌；河南的焦作；遼寧的大連、朝陽、阜新；四川的重慶、成都、樂山；河北的張家口、廊坊；浙江的寧波、溫州、東陽；廣西的桂林、北海；以及黑龍江的牡丹江市。

肆、「中央日報」社論之評析

中央日報爲中國國民黨經營之媒體，報齡悠久，專業水平極高，素來負有宣揚黨的政策的職責。惟在臺灣報業高度競爭的情況下，該報在經營型態上與一般民營報紙並無太大差異，基本上仍維持一市場取向的綜合報紙形態。在兩岸關係上，中央日報主要扮演國內民衆對大陸現況的「政治教化」功能，因此理念的闡發，觀念的導引，要重於事實的報導，雖然該報沒有固定的「大陸新聞版」，但多半採集外電或一般通訊社譯稿，較不能凸顯該報之言論取向與立場。而一般署名評論在性質上亦不同於中共之人民日報，多屬個人意見的評論，因此，本文之取樣分析是以較能反映該報言論立場與功能的「社論」爲依據。

從民國七十九年十月一起至八十年八月三十一日止，筆者總計抽樣了四十七篇「中央日報」的社論，占社論總數三百三十五篇的一四%。就議題的分佈來看，有關中國統一和國家統一綱領之論題占了廿三篇，幾達選樣的半數；有關批判中共政權之論題占了八篇，有關闡釋中華民國大陸政策和評析兩岸關係之論題者占了十六篇。

一、中國統一理念之重塑

在有關中國統一問題和闡揚國統綱領之意義與精神方面，中央日報做了許多闡述、解析和宣達統一理念的工作，扮演了極爲重要的「政治社會化」的功能。尤其在我國終止動員戡亂之後，該報在重建兩岸關係之認知和中共之定位上，做了許多闡釋、教化的功能。儘管由該報社論所反映的政治立場來看，反共原則並無明顯鬆動，但對中共之批判則已明顯移轉至對「社會主義體制」之批判。換言之，該報社論在兩岸互動中，扮演了調整臺灣民衆面對中共的心態的功能。中國大陸從戡亂意義的「淪陷匪區」變爲中性的大陸地區，大陸事務亦由從前的「政治忌諱」調整爲「生活話題」；中共僞政權亦由原先的「萬惡共匪」調整爲「大陸地區事實的統治者」。

關於中國統一的概念重建與理念訴求，中央日報社論主要在傳達如下幾個「原型概念」

和具體主張：

1.中國統一是歷史發展的客觀趨勢和兩岸人民的共同心向，但統一並非社會主義戰勝三民主義，相反的，中國統一是共產社會主義走入歷史灰燼的體現與完成。換言之，統一並非由兩岸政治競爭的勝負所決定，而是歷史文化與民族精神的融鑄與再生所導引。因此，「國家觀念與民族精神的吶喊喚醒，歷史文化與政治倫理的宣導開放，尤爲謀求國家統一之最大原動力；苟能於此有所創建開發，並以政治面之卓越肆應，則因勢利導而水到渠成，統一大業必有厚望。」[53]這種理念雖略嫌高調，但基本上超越統獨情結，廻避與中共「一國兩制」之統戰陷阱正面交鋒，也可說是獨樹「文化中國」概念和「國族重建」理念於一格。

2.中國統一的目的不是「爲統一而統一」，而是追求自由、民主、均富三原則，以臺灣的優良制度、卓越的成就與豐富的經驗，通過「良制統一劣制」的過程。[54]因此，中國之統一，「必然是良性的政治結構去改造惡性的政治結構，統一絕不是靠和中共幾個當權人物談判，卽可達成，更不能讓國際人士從中賣弄玄虛，而必須先使兩岸人民的文化生活與經濟生活，取得協調。」[55]而統一的進程則必須「經由和平漸進的途徑，分階段逐步達成。」[56]

3.中國之統一必須由中華民國政府來主導，而非被動接受中共威逼、利誘以至兼併。換言之，統一是經由中華民國推動民主憲政的誠意與措施，通過經濟建設以成就「現代化國家」的經驗與過程，以整體的「臺灣經驗」在兩岸整合運動中，提供明確的指標與基礎。[57]

二、導引大陸政策觀

在有關兩岸互動關係的評析和對大陸政策的討論方面，中央日報對政策內涵的解析、推演和建言，以及兩岸關係的認知糾結與輿論導向，都發揮了一定程度之「正本清源」的功能。雖然在回應中共對臺政策方面，多採「善意勸說」的方式，對於中共體制之批判又流於情緒，缺乏政策質辯的功能，但總體而言，立論尙稱持平、剴切而公允。

1.在有關我國大陸政策的內涵、特性與執行策略方面，中央日報著重宣傳李總統登輝的「大陸觀」，它分別是中華民國與中國國民黨的「主動出擊觀」；先求內部團結再求兩岸發展的「攘外須先安內觀」；促進民間交流和推展臺灣經驗的「整合競賽觀」；以及通過短期交流、中期互惠互利和長期接觸的「階段漸進觀」。58

2.在有關大陸事務機構的運作理念和原則方面，該報亦提出諸如建言，包括機構之任務在於加強海峽兩岸互動關係，維護臺灣安全自由，謀求國家和平統一等；而在運作精神方面，則應著眼於向前、向遠、向大的決策眼光，採取化被動爲主動、化消極爲積極、化不可能爲可能的作法，並且力使政策明朗化、果斷化。59

總結來說，中央日報在闡述統一理念與國家認同上，著力甚多，對解說和導正大陸政策的內涵與精神，提出政策建言和反映輿情方面，亦稱積極而公允，惟對於反擊中共方面仍流於教條口號化，缺乏「科學反共」和專業質辯的能力。但是在維護大陸政策之完整性，民衆對大陸政策的政治教化和扮演「反統戰」的功能上，仍發揮相當的成績與貢獻。

註釋

❶ 中國大陸的報紙經營權全屬公有。結構上分爲「黨委機關報」、「對象性報紙」和「專業報紙」三種。參見「大陸地區大衆傳播媒體及其管理機構概況」，行政院新聞局編印，民國八十年六月，頁四三—

❷ 參見陸定一，「我們對於新聞學的基本觀點」，載《中國新聞年鑑》（一九八二），（北京：中國社會科學出版社，一九八二，頁七四）。

❸ 參見「關於當前報刊新聞廣播宣傳方針的決定」，中共中央一九八一年「中發七號文件」。

❹ 「我國製訂出新聞職業道德準則」，人民日報國內版一九九一年五月六日，第四版。

❺ 參見彭芸「政治傳播：理論與實務」，（臺北：巨流，民國七十五年九月，頁一一六）。

❻ 「說服」是政治傳播的一種，它是在自覺或不自覺的過程中，通過某種形式之政治活動，使他人作出某種政治反應。但說服既非權力談論（power talk），亦非權威討論（authority talk）而是一種「影響談論」。參見祝基瀅「政治傳播學」，（臺北：三民，民七十九年三版，頁三〇）

❼ 彭芸「政治傳播」，前揭書，頁一六六—一六七。

❽ 參見 Robert N. Bostrom, "Persuasion",(New Jersey: Prentice-Hall, Inc., 1983, pp.8-9)。

❾ 祝基瀅，「政治傳播學」，前揭書，頁三三。

❿ 《人民日報》(國內版）一九九〇年十月十一日，第一版，以及一九九〇年十月十九日第四版。

⓫ 《人民日報》（國內版）一九九〇年十二月八日第四版，一九九〇年十二月廿二日第四版。

⑫《人民日報》(國內版) 一九九〇年十一月十三日第四版，一九九一年五月三十一日第四版。
⑬《人民日報》(國內版) 一九九一年一月三日第一版。
⑭《人民日報》(國內版) 一九九〇年十二月三十日第四版。
⑮《人民日報》(國內版) 一九九一年六月一日第四版。
⑯Dan Nimmo, "Political Communication Theory and Research: An Overview" in B. O. Ruhen (ed) "Communication Yearbook 1" International communication Association, 1976, p.115.
⑰Ibid· p.115.
⑱Lloyd F. Bitizer. "Political Rhetoric" in Dan D. Nimmo & Keith R. Sanders (ed) "Handbook of Political communication" (Beverly Hill:Sage, 1981, p.2296).
⑲Ibid. p.227.
⑳Ibid. p.227-228.
㉑《人民日報》(國內版) 一九九一年五月十一日，第一版轉第四版。
㉒《人民日報》(國內版) 一九九一年六月四日第四版。
㉓《人民日報》(國內版) 一九九一年二月六日第四版。
㉔《人民日報》(國內版) 一九九〇年十二月三十一日第四版。
㉕《人民日報》(國內版) 一九九一年四月十三日第四版以及一九九一年四月十四日第四版。
㉖《人民日報》評論員文章：「臺獨是一條危險的道路」，一九九一年六月二日第一版。
㉗《人民日報》(國內版) 一九九〇年十二月三日第四版。
㉘《人民日報》(國內版) 一九九〇年十一月廿二日第四版。
㉙《人民日報》(海外版) 一九九〇年十月十一日第五版以及一九九一年一月七日第五版。

30 《人民日報》（海外版）一九九〇年十二月四日第五版及一九九一年四月十六日第五版。
31 《人民日報》（海外版）一九九〇年十月三十一日第五版。
32 《人民日報》（海外版）一九九〇年十二月十一日第五版。
33 《人民日報》（海外版）一九九〇年十二月二十日第五版。
34 《人民日報》（海外版）一九九一年六月十七日第五版以及六月十九日第五版。
35 《人民日報》（海外版）一九九一年五月十六日第五版。
36 《人民日報》（海外版）一九九一年八月六日第五版。
37 《人民日報》（海外版）一九九一年四月廿九日第五版。
38 《人民日報》（海外版）一九九一年一月十一日第五版。
39 《人民日報》（海外版）一九九〇年十二月廿八日第五版。
40 《人民日報》（海外版）一九九一年三月七日第五版。
41 《人民日報》（海外版）一九九一年六月廿八日第五版。
42 《人民日報》（海外版）一九九〇年十月五日及十一月十三日第五版。
43 《人民日報》（海外版）一九九〇年十一月十六日第五版。
44 《人民日報》（海外版）一九九〇年十二月四日第五版。
45 《人民日報》（海外版）一九九一年三月一日第二版及三月九日第二版。
46 《人民日報》（海外版）一九九〇年十二月廿七日第五版。
47 《人民日報》（海外版）一九九〇年十月廿四日第五版。
48 《人民日報》（海外版）一九九一年一月四日第五版。
49 《人民日報》（海外版）一九九〇年十一月七日第五版。
50 《人民日報》（海外版）一九九〇年十一月八日第五版。

51 《人民日報》（海外版）一九九〇年十一月三日第五版。

52 《人民日報》（海外版）一九九〇年十二月三日第五版。

53 《中央日報》社論「統一，要奠基於國族觀念的凝聚融鑄」，民七十九年十月四日第三版。

54 《中央日報》社論「民主自由統一中國是必然的——並斥民進黨通過有關我國主權決議文，民七十九年十月八日第二版。

55 《中央日報》社論「我們正在統一中國途中向前邁進」，民七十九年十月十日第三版。

56 《中央日報》社論「全世界中國人應爲中國的和平統一奮鬪」，民七十九年十二月廿三日第三版。

57 《中央日報》社論「中國的統一，必須由我們中華民國來主導與完成」，民八十年一月八日第三版。

58 《中央日報》社論「更務實更進取的大陸政策」，民八十年二月八日第三版。

59 《中央日報》社論「維護臺灣安全，謀求國家和平統一——行政院大陸委員會仟重道遠」，民七十九年十月十九日第三版。

民間媒體在兩岸交流中之角色分析

中國時報大陸新聞中心主任 俞雨霖

本文僅代表作者個人觀點，不代表中國時報立場

臺灣的民間媒體在兩岸關係中扮演一定的角色，是近十年來的新生事務，並對兩岸關係的發展與互相交流方面，起了一定程度的推動作用。這些作用及其帶來的影響，在社會各階層或許存在著不同的看法，但作爲一種重要角色，似乎已是不可否認的事實。本論文將由四個面向探討與分析民間媒體在兩岸關係中發揮的各種角色，最後並總結民間媒體角色的作用與限制。

壹、媒體扮演新聞報導的角色

任何一個民間新聞媒體，其主要職責即爲報導新聞事件的眞實面，對於兩岸關係與大陸新聞的報導，民間媒體基本上亦採取此態度。尤其是在近十年來，隨著國際形勢的變化、國內政治改革與民主化的發展，連帶大陸逐漸改革開放引發的兩岸交流增多，使臺灣民衆對大陸事務與兩岸關係的關懷與日俱增，媒體在此新形勢的推動下，也在掌握民衆對於大陸新聞與兩岸關係新聞的關懷重點，進行多種類型的報導，同時又因爲政府對大陸政策的轉變，使媒體在報導上有了更靈活的空間。

在十年前，政府對大陸政策一貫秉持漢賊不兩立的立場，並且對於大陸新聞的報導採取比較嚴格的控制，也就是媒體在此一新聞領域的自由空間相當有限。在此環境下，也就是嚴格的政治規範下，亦促成媒體本身在報導上的強烈自我設限心態。此時，媒體幾乎只能呼應政府的大陸政策，完全談不上在兩岸交流中扮演角色的問題。若有違者，甚可能被冠以「爲匪張目」的罪名，輕者媒體自我處分失職人員緩和政治壓力，重者停刊關報，遭致重大經濟損失。

目前，由於媒體對大陸新聞報導自由的擴大，最明顯的作用，無疑是使政府官員與民衆有更多的資訊、了解大陸形勢發展的現況，由政治、經濟、社會、學術、體育、旅遊到影藝等，民衆逐漸由對大陸完全的陌生，由對大陸心理上的隔閡，開始了關懷與了解。此一轉變，相當程度推動了兩岸之間的交流，包括人的與事的交流。而此種交流，正是兩岸由敵意到緩和關係逐步轉變的基礎。

當然，民間媒體在大陸新聞與兩岸關係的新聞報導方面，也有一個逐步完善化與擴大化的過程，此一過程由一九八六年開始明顯。其中尤以老兵返鄉訴求的報導及爾後老兵返鄉由訴求轉爲現實，更明確顯示出媒體在兩岸交流中表現出來的突出角色。一九八七年隨著政府在現實與輿論壓力下，同意老兵返鄉探親，終於邁出了兩岸交流的一大步。同時也推動了媒體對大陸新聞報導的關注。只是當時由於報紙版面尚停留於三大張的階段，受限於版面，大陸新聞的內容雖有增多，但仍以大陸政治高層權力鬪爭爲主，在兩岸交流的互動方面著墨仍有限，此與當時仍未完全解嚴有相當的關係。隨著報禁與黨禁的相繼開放，報紙增爲六張，臺灣的政治環境也迅速改善，報導自由的幅度急速擴大，媒體在此一客觀環境有利的情況下，逐漸加強對大陸新聞的報導，也更集中的關注兩岸關係的發展。

媒體對於此類報導的強化，在促進兩岸交流方面展現出來的影響起碼有如下三項：

㈠民衆由於媒體大量報導大陸新聞與兩岸關係，使他們開始將視野由過去只注重到本土的問題與國際問題上，移到了大陸與兩岸問題上，也讓民衆逐漸思考在海峽對岸與本身隔絕達四十年的大陸究竟如何。

㈡民衆由書本上對大陸的一知半解，由陷於反共意識型態的僵硬思想架構中，重新展開了一場新的了解與學習過程，在此一學習過程中，他們逐漸由認知上理解大陸的層次，走向了由行動上觀察大陸的層次。於是，隨著臺灣國外旅遊限制的放寬，大量國人以迂迴的方式達成赴大陸探親、旅遊的目的。

㈢民衆透過媒體也比較深刻的了解兩岸之間體制的異同，開始了理性認識中國前途與臺灣前途的問題，這個問題在過去大陸訊息封閉的狀況下是很難思考的。

平實而言，也正因爲有了上述媒體報導這個角色的中介，臺灣民衆對兩岸關係產生了新的思考架構，同時也對兩岸交流在行動上有了實行的基礎。迄今爲止，約有近三百萬人次臺灣民衆赴大陸進行探親、觀光、經商與各種交流，似乎在一定程度上展現了媒體的報導角色。

然而，冷靜思考媒體在訊息上的報導角色，不免有正與反之間不同層次的看法與評價。其中最值得探討的問題是，民間媒體對大陸新聞與兩岸關係的報導是否會誤導臺灣地區民衆對大陸的眞正了解、對兩岸關係的發展方向確實的理解，而且此一種可能的「誤導」，是否有利於臺灣地區二千萬民衆的福祉與利益。其次另一個普受關切的問題則是，媒體在處理此類新聞時，是否會成爲中共的傳聲筒，受到中共「統戰」的影響，造成兩岸交流過快的不正常發展。

在一般新聞報導中，新聞可能造成的誤導是很難避免的，但以主要新聞媒體而言，媒體以政策性的方式造成誤導的發生並不多見。可以說多數新聞「誤導」的發生與記者個人的觀察角度、編輯的取材角度有關。但是在大陸新聞及兩岸關係報導方面，還涉及了新聞來源獲得困難的限制。就以我個人爲例，在處理每日大陸新聞中，經常遭到題材不足、新聞太淡的情況。這種情況對於熟悉處理臺灣本地新聞事務的人可能不易理解。經常就有編輯臺的主管以置疑的口氣問我，大陸有十一億人口新聞還會太淡？大陸新聞太淡的確一直困擾著相關的新聞工作者，但太淡的緣由卻值得深入探索，其原因可說與大陸新聞「誤導」的可能發生有相當大的關係。

大陸新聞體系的最大特性是封閉性強，雖然還不致達到密不透風的地步，但中共統治者對正常新聞報導控制之嚴，以及新聞以正面宣傳爲主政策之下，臺灣媒體在大陸新聞報導的資訊取得上，獲得的常是看了令人發噱的歌功頌德新聞，少有刊登之價值，在兩岸關係的報導方面，大陸亦復如此。因此在訊息來源極度匱乏的狀況下，臺灣媒體對大陸的新聞報導就有可能出現偏向。其中較易發生的有幾個方面，諸如報導山光水色，使臺灣民衆與起強烈的旅遊觀光意向，但另一方面卻未深入報導在大陸旅遊的諸多問題；引述大陸媒體各項言過其實的報導而未深入處理其誇大部分，誤導民衆信以爲眞赴大陸將一帆風順，此種狀況尤其在近幾年報導臺商在大陸投資的狀況與投資條件更易如此。這種種問題的產生，均可能促使臺商在可能「誤導」下與資訊不足的情況下，貿然赴大陸投資造成損失，也容易引發臺灣民衆對兩岸形勢的錯誤判斷，誤認爲大陸與臺灣的關係發展相當良好，已經和平在望；反之則是，民間媒體在報導兩岸關係時很容易將兩岸某些衝突誇大，使民衆誤認爲兩岸關係已劍拔弩張，造成人心不穩。

所以發生媒體誤導現象的另一個重要原因，也與媒體記者個人的素質有關。其中最主要的是記者個人對大陸與兩岸關係的了解程度是否足夠。從當前臺灣媒體處理大陸新聞與兩岸關係記者的學經歷來看，除了主要媒體外，一般而言是相當不足的，不少媒體使用跑國內線的記者跑大陸新聞，往往對於最基本的中共體制、組織形態與歷史均不了解或一知半解，也就很難想像，在這樣的記者個人素質下，要比較準確的處理此類新聞，那麼其間可能出現的偏差就可能相當嚴重了；從兩岸交流的媒體報導角色來看，這樣的角色恐怕值得擔憂。

另一個值得探討的問題則是，媒體會否受到中共「統戰陰謀」影響，成爲中共的「傳聲筒」。就以筆者親身經歷的中國時報總編輯等人採訪中共「國家主席」楊尙昆一事，在國內與海內外各界就出現許多不同的議論，其中有肯定的，亦有嚴厲批評的。肯定的看法主要是從此事有助於兩岸間的互相了解角度出發，並認爲完成此一報導可以使臺灣民衆了解中共對臺政策的意圖；持批評看法者則認爲，中時此一做法很明顯的是受到中共利用，成爲中共的

「傳聲筒」。由此一個案可知，媒體以新聞角度出發扮演的資訊性的中介角色，確實存在著這樣的爭議。本文第二部份將申論此一問題。

不過深入思考，在短期對此種「政治性較強人物專訪」，欲釐清是否爲「傳聲筒」的問題，恐怕並不容易，而且此類狀況也不常見。比較值得注意的反應是經常性的報導中，是否有此種「傳聲筒」傾向發生，這在兩岸關係方面，尤其如此。即以最近的十月十七日民進黨通過建立「臺灣共和國」黨綱條款爲例，媒體在處理中共對此問題態度的報導上，就容易發生新聞尺度上的問題。要否較大量刊登中共反應系列文章：包括官方聲明、報紙文章、相關人士講話等？如果媒體不加思索地刊登這些文章，甚或加以渲染，實不無成爲「傳聲筒」之疑慮。如果單純的以新聞角度來處理此類新聞，摘要刊登，應該可以盡可能的迴避成爲「傳聲筒」的形象。此外，若完全無視於中共的立場反應，似乎亦不符新聞原則。因此，會否成爲「傳聲筒」很重要的原因取決於媒體在此類報導上的專業程度。外界完全以政治立場判斷媒體是否爲「傳聲筒」，實非公允、客觀之舉。

平實而言，如果認爲媒體在處理與報導大陸新聞方面，完全不受來自中共方面的影響，包括直接的、間接的影響，恐也言過其實。其中最明顯的是，在大陸實地採訪的記者由於經常與中共官方接觸，在自覺或不自覺的情況下，成爲中共的「傳聲筒」。成爲「傳聲筒」的原因有二：基於新聞工作上的妥協。妥協的原因在於，記者在㈠大陸這個相當惡劣的採訪環境下，要比較好的推動長遠的新聞採訪工作，就需要妥協；㈡在資訊相當有限的情況下，意識或不意識的發出中共官方有意提供的新聞。

整體而言，在現階段大陸實地採訪條件相當不利的情況下，民間媒體如何扮演好資訊報導的角色，確實不是一個簡單的問題，媒體本身要如何把握好報導的原則，記者個人如何在現實與理想中平衡，一直是一個待逐步完善的課題。

貳、媒體扮演兩岸對話角色

不過，深入探討，媒體要完全將自己定位在新聞指導的角色，事實上有相當的困難。除了媒體與記者本身的原因，更重要的是，臺灣媒體成爲兩岸隔絕四十年後，雙邊政府可用來對話的一個重要管道，恐怕也是迄今最便捷的管道，據統計，迄今年底爲止約有兩千名臺灣記者去過大陸採訪。目前，兩岸政府「隔海對話」，在某些情況下也有部份人士指責爲「隔海唱和」，基本上均透過媒體在進行，媒體成了「中介」，但也有時顯得「尷尬」。迄今爲止，媒體在此種對話過程中扮演過的比較重要的案例，約略有「三通」的問題、臺灣國際生存空間的問題、統一和臺獨的問題等。其中，經常性進行的應屬統獨問題，又以一個中國的定義、「一國兩制」的內涵、臺獨的傾向爲「對話」的焦點。媒體則在兩岸政府之間你來我往的對話過程中，扮演了既有傳話，又有本身言論的中介角色。

先以臺獨問題爲例，當十月中旬民進黨通過臺獨條款前後，中共透過「國家主席」楊尚昆、「國務院臺辦」副主任唐樹備，分別發表了絕不坐視臺獨發展的言論，臺灣媒體則均予以摘要刊出並發表分析與評論，揣摩中共言論的意涵。而政府則相繼由總統、行政院長、新聞局長，甚至執政黨的發言人也發表對中國統一的堅持，亦有公開指責臺獨禍國殃民的言論。間接的向中共表達政府對臺獨的反對與一個中國的堅持。不過，政府堅持一個中國、中

國必將統一的言論，並不能完全令中共接受，中共又安排各類人物發表談話，指責國民黨縱

容臺獨。此種類型的對話，可說是在過去幾年來持續不斷，媒體也不吝予以刊登，並一再的分析和評論。固然問題仍然存在，但對話總代表著動口，要比動手來得好，媒體似在一定程度上提供了動口的舞臺。

同樣的情形在兩岸對於「一國兩制」的看法上、臺灣生存空間的問題上，亦出現了媒體扮演「對話」角色的情況。例如，中共說中國只有一個，臺灣是中國的一部份，「中華人民共和國」是中國唯一合法的政府。中共一再的重述此一立場，政府亦一再的聲明承認一個中國，中國的統一必須奠立在民主、自由、富強的基礎上，也要顧及二千萬人的利益；中共則說，「一國兩制」並不是你吃掉我，我吃掉你；你搞你的三民主義，我搞我的社會主義。中國統一後，臺灣可以維持現有體制等。臺灣則指此爲中共統戰陰謀。中共說，臺灣沒有生存空間的問題，臺灣則一再表明要擁有國際生存空間，並提出彈性外交、務實外交的做法，中共則指臺灣搞一中一臺、兩個中國。這種種無休止的「對話」，無疑反應出媒體角色的特殊性。

媒體扮演最直接傳話角色的個案，應屬中共「國家主席」在一九九〇年九月廿四日接受中國時報的訪問，中共意圖透過媒體向臺灣政府與民衆傳達他們最完整的統一理念與對臺政策。內涵包括一國兩制的原則、武力犯臺的問題、統一時間表問題等。

「傳話」或媒介「對話」是否適當，就新聞觀點來看，其實並不致引起太大爭論，媒體本身本就具有此功能，尤其在地方事務方面，理應成爲民間與政府的溝通管道。但是，在兩岸之間欲評價其角色是否恰當，就超出單純新聞觀點。政治評價已遠高過新聞報導的角色定

位問題。也就是，有關兩岸新聞的報導，要評價類似此種「傳話」角色的功能，其實並不容易。對媒體而言，此涉及到多方面的因素綜合考慮。基本上可歸納如下幾點：

㈠對於兩岸關係發展速度的判斷。當某一媒體經過愼審評估後，認爲兩岸的發展已到了一個階段，媒體應該並且也有機會扮演此一角色時，媒體就會運用此一有利時機，引導對話。事實上，媒體扮演此種角色，時機的判斷與選擇相當重要。否則很可能遭受到嚴重的政治壓力；

㈡對於兩岸交流現況的判斷。當兩岸的交流管道與狀況陷入不穩定狀態，而且又缺乏比較直接的溝通管道，或致傳言紛起時等，媒體可能基於一種形勢上的需要，促進雙邊直接了解，防止「二手傳播」可能的「誤導」弊病。

㈢對於二千萬人利益的關懷。媒體做爲社會公器，必須符合多數民衆的利益，是不容置疑必須遵從的準則。當媒體認爲以扮演對話的角色可以一定程度促進了解、緩和形勢時，那麼媒體就直接扮演此種角色。

㈣新聞競爭的考量。媒體的競爭是沒有止境的，只要不陷入惡性競爭的怪圈之中，當上述三項條件已基本符合時，媒體亦會尋找扮演此一角色的機會，以求新聞報導上的突破。

當然，在兩岸關係「政治氣氛」相當濃的情況下媒體扮演兩岸對話角色是否適宜，仍值得各界理性思考。

叁、媒體扮演直接參與者的角色

媒體做爲一個主體，成爲促進與進行兩岸交流的實體，無疑其角色已遠超越了做爲新聞報導與中介對話的中性角色。當然也可能引發外界對媒體是否超出其角色定位的置疑。恐怕這也是兩岸現階段關係發展不正常狀態下的一種特殊的狀況。最顯著的個案應是兩岸新聞記者交流的起步，對兩岸關係的影響。

理論上言，不同地區間新聞記者的互相採訪屬於新聞自由的範圍，交流採訪是自然的。但在兩岸特殊的政治互動關係下，媒體記者交流就複雜化甚至泛政治化。在一定意義上推動了兩岸關係的大幅度發展。如一九八七年臺灣媒體記者違反政府禁令派遣記者前往大陸採訪、或推動與邀請大陸記者赴臺灣採訪，均是媒體在兩岸交流中扮演參與者角色的明證。記者交流，就目前兩岸關係發展的情況看，似已成爲兩岸有組織交流的一個重要組成部份。然而媒體成爲兩岸交流要角之一，其原因與影響，則具有更深的意涵，包括：

㈠資訊的需要。兩岸隔絕四十年之久，臺灣對大陸資訊的獲得，主要是依賴西方媒體、香港媒體及情治單位的二手傳播。二手傳播的可靠性如何，只有靠運氣。此種新聞報導方式，遠不能滿足新聞報導的原則。更何況，隨著兩岸關係逐步發展，民衆對於大陸資訊需求的增加，也促使媒體直接投身兩岸新聞交流，甚至突破政府禁令，克服新聞採訪上的限制，就此作法而言，媒體在爭取本身新聞自由的權利。

㈡發展的需要。臺灣媒體在本地新聞事業蓬勃發展的有利條件下，已成爲具有相當實力的新聞集團，就如同商業機構般，也有自身向外發展的內在動力，大陸則是一個理想的發展地點。卽使在當前大陸的環境下時機並不成熟，但長遠觀點看，仍是一個具有潛力的新聞市場，媒體不會忽視此種可期的長程利益，並投身進軍大陸的風潮之中。

㈢對政府政策的不耐。臺灣媒體記者非法前往大陸採訪，反映出來的是媒體與政府之間對於大陸政策看法上的嚴重歧異。歧異的重點在，媒體不認爲政府保守的大陸政策是合理的，更明白的說，是合乎臺灣二千萬人的最大利益。因此積極投身於突破政府政策的限制，甚至以身試法。此一行動固然導致司法問題，但也明確表明了媒體在兩岸交流中一定的自主性。

基本上，媒體自主性的發揮，並非沒有可議之處，但就事後的發展而言，的確也刺激了政府重新檢討兩岸新聞交流的問題，一九八九年起臺灣媒體記者大量赴大陸採訪三、四月間的人大會，並投身於報導當時發生的北京民主運動事件與六四血腥鎮壓民運，使臺灣民衆與政府得以從大量的一手新聞訊息之中，更深入的了解大陸社會、政治與民心之動向，使臺灣民衆更深刻地了解到中共統治的本質，而此效果與影響，恐怕是政府四十年來反共敎育所不能比擬的。

同時期，由於臺灣記者大量赴大陸採訪，並與大陸同業溝通，使兩岸新聞交流日益迫切，基於新聞交流的對等觀念，臺灣記者與媒體也開始推展大陸新聞記者至臺灣探討的活動。其實媒體與記者的理念很單純，卽臺灣記者可以赴大陸採訪，大陸記者沒有理由不能赴臺灣採訪，記者們認爲兩岸新聞交流是兩岸了解與化解敵意的重要一步，如果政府看不到這樣的意涵，就要敦促政府看到這個重要意義。一九九一年八月十二日大陸新華社記者范麗青、中新社記者郭偉鋒接受臺灣媒體邀請赴臺灣訪問，應該是媒體推展兩岸新聞對等交流的重要一步。

當然，在兩岸關係仍具泛政治化傾向的時期，新聞記者對等交流仍有其溢出效果，也就是記者對等交流的結果，使中共黨員以合法的方式進入臺灣地區。促使政府必須更深一層檢討兩岸之間政治關係的走向，現行法律的適應問題。然而，媒體此種角色也可能引發議論。媒體是否挾其輿論勢力與本身「利益」，企圖左右政府政策，超出了媒體客觀報導反應民意的角色？

肆、媒體扮演整合民意的角色

整合與反應民意是媒體重要功能之一，經過民意的整合，提供政府大陸政策的決策與執行的參考，對兩岸交流的發展，具有相當的促進作用。由老兵要求回鄉探親一案，到報導民衆赴大陸觀光、旅遊的意願，報導在大陸臺籍老兵與其家屬的心聲，報導民衆對大陸現行政策的民意調查報導，均具體的反應出民衆對大陸政策的看法甚至批評。

基本上，媒體整合與反應民意，供政府參考，確實能使政府較準確的掌握民間對大陸政策、兩岸關係發展與兩岸交流的期望。媒體能夠順利的凝聚民意促使政府調整政策，即以老兵返鄉爲例，媒體能夠以更人道主義的立場擺脫政策的束縛，報導老兵的要求，政府也能在政策掛帥之餘，思考民意、人道與政策如何相互調適的問題。在大陸政策走向方面、國家統一方式上，媒體也經常性報導各式各樣的意見，提供政府參考，或對政府施壓。即以兩岸交流宜快宜慢、交流範圍如何？統一進程如何等，媒體就不斷的反映各種民意。而政府則考量媒體報導做出政策調整或爲本身政策辯護。例如，在媒體一般呼籲兩岸交流速度應可快些，行政院陸委會主委黃昆輝卽在感受壓力下，對媒體表示，「在政府看來，大陸政策是事關臺

灣前途與二千萬人民利益的重大政策，必需特別謹愼，不可盲目冒進，應保持進可攻退可守。」❶

由上述狀況可知，媒體反應的民意與政府政策並非始終是一致的，有時還存在著相當程度的差距。差距的出現，更直接的說媒體反應的民意與政府政策差距出現的原因，究竟是政府無視於民意、政府有更高層次的考量，亦或是媒體反應的並非眞正的民意，而僅是少數人或利益集團的看法，致使媒體有意、無意之間成爲少數利益集團向政府施壓的工具。平實而言，上述的各種情況均可能出現，其中對媒體本身而言，最需自我檢討的，應該是會否陷入第三種窘境中，以及如何防止它的出現。

在當前兩岸交流關係中，對「三通」——通郵、通商、通航的利與弊的報導，最能反映出媒體可能陷入遭利益團體運用的窘境。也就是利益團體基於本身的商業利益一再鼓吹「三通」的優點，政府則以「全民整體利益」認爲「三通」弊多於利。更複雜的是，中共方面則以促進「三通」、「以民促官」做爲現階段對臺政策的重要目標，於是造成了媒體在如何確實反映民意、預防落入利益集團誤導方面必須保有精確的判斷力，以便能準確的報導處理新聞現象不致發生失誤，損害全民整體利益。基本上，只要媒體與記者能擁有足夠的專業素養，在處理此類新聞平衡報導方面，應不致產生太大的問題，比較令人擔憂的則是不具備足夠專業素養的記者如何處理事涉兩岸關係較複雜的報導，確實值得關注。至於記者本身有意識的與利益集團掛鈎，意圖影響兩岸交流的進程，則屬媒體本身管理上的問題。

毋庸置疑，以當前民間媒體對兩岸關係與大陸新聞報導的篇幅來看，媒體確實相當關心兩岸關係的發展狀況，而且也傾向於更大幅度的推動兩岸交流，希望兩岸用了解與和解，緩和可能再度出現的緊張關係。不論由國際形勢、兩岸互動與臺灣多數民衆的傾向來看，總的來說，均是以和解代替對抗，擴大交流似乎是唯一可行的選擇。

伍、結論

當然，我們也不能不看出，縱使當前民間媒體對於兩岸交流擴大化的過程中，確已發揮相當重大的作用，也扮演一定的促進角色，但媒體畢竟不是政府，媒體過度膨脹自己的角色，而無視於兩岸關係高度政治化的本質，不無可能對臺灣民衆的整體利益，造成一定的損害。因此，媒體在兩岸交流中要扮演較適宜的角色，似乎必須要以更嚴肅的心情、站穩二千萬人利益的立場、以長遠的而非短視的角度、用更具專業化素質的記者等，處理有關兩岸交流的新聞，也唯有如此，媒體才能眞正扮演好本身做爲社會正義代言人、民衆利益維護者的角色。

一般而言，民間媒體對於兩岸交流比較能夠發生影響力的，應該在兩岸非政治關係的交往上，如學術、文化、體育交流、探親、旅遊等，至於政治關係方面，媒體雖然有所提議，但所能發揮的影響力仍相當有限，如三通的問題、兩岸政治談判的問題。然而，無論如何，臺灣絕大多數民間媒體，在處理兩岸關係的新聞時，無時無刻不想到臺灣二千萬人的整體利益，這是媒體在兩岸交流中，扮演其各種角色的基礎。

註釋

❶ 中國時報，民國八十年十月八日，一版。黃昆輝在執政黨總理紀念會上的報告。

大陸地方性媒體在兩岸交流中之角色分析

——「福建日報」個案研究

政大三民所副教授 趙建民
國策中心研究員 張五岳

壹、前言

自從一九八七年底政府開放臺灣地區民衆赴大陸探親後，兩岸在經貿、社會、文化……等各項交流便日益頻繁，因交流而衍生的各項問題與糾紛亦層出不窮。由於在兩岸交流中新聞媒體扮演著舉足輕重的角色，在大陸，大衆傳播媒體不僅爲政治服務，成爲政策宣導的工具，在統一宣揚有關臺灣的政治社會文化方面，更佔有主導性的地位。此外，大衆傳播媒體在中共與我接觸，會商時也有其重要之工具性價值。在臺灣，新聞媒體則常成爲我大陸政策之觸媒，有引導及催化作用❶。因此，進一步探討新聞媒體在兩岸交流中所扮演之角色分析厥爲重要課題。

本文旨在探討大陸地方性媒體在兩岸交流中之角色分析。由於大陸地方性媒體範圍甚廣，包括報紙、電視、廣播、期刊雜誌……等不一而足。就以報紙而言，目前中國大陸除了每個省(市、自治區)皆有各自發行報紙外，許多地(市)級及縣(市)級亦發行報紙；至於報紙的發行形式從日報、晚報，到二日刊，三日刊、週報、旬報，甚至亦有雙週報與月報……等等。

筆者不敏，一方面受限於完整資料之取得，另一方面為了避免使論述流於空洞與散亂，乃嘗試以「福建日報」為代表樣本，作為大陸地方媒體在兩岸交流中之角色分析之對象，主要係基於下列因素考量：第一、報紙較諸於地方性廣播、電視、期刊雜誌……等新聞媒體較易於作內容分析；第二、福建省係中國大陸與臺灣交流最為頻繁且為重要區域，舉凡兩岸發生之投資貿易行為、海上犯罪、漁業糾紛、遣返偷渡以及近年來兩岸發生之重大事件如閩平漁號、三保警案、閩獅漁號……等事件皆產生於福建，故以福建省最具代表性之新聞媒體——「福建日報」，應有其代表意義。

貳、大陸地方媒體概況

大陸現有地方媒體主要包括報紙、廣播、電視等，玆將其簡要略述如下：

一、報紙

中國大陸報紙分類標準甚多，若從報導新聞和報紙發行的區域上劃分，可分為全國性報紙(又稱為中央級報紙)和地方性報紙兩大類，全國性報紙主要係以全大陸的新聞為報導範圍，並向全大陸各地發行，這種報紙有的在一地印刷後快速運向各地，有的則把紙型運到分印點印刷發行，如人民日報、光明日報、解放軍報……等均屬於此類。地方性報紙主要報導該地區新聞，並主要在該地區發行，各省（包括直轄市、自治區）、地（市）、縣（市）報均歸爲地方性報紙一類❶。根據一九八八年中共出版的「中國出版年鑑」統計顯示，一九八七年大陸地區共出版報紙一六一一種，其中中央級九九種，佔總數百分之六點一，省（市）級七五一種，佔百分之四十六點六，地（市）級六四七種，佔百分之四十點二，縣級一一四種，佔百分之七點一❷。

雖然大陸地方性報紙爲數衆多，唯每日出版發行之日報、晚報所佔比例卻甚少❸，一般而言，除了各省（市、自治區）級機關報及大城市所發行的晚報（如新民晚報、羊城晚報）爲每日發行外，其餘大多數爲二日刊、三日刊、週報，有些甚至爲旬報、雙週報與月報。

在篇幅與版型方面，除了少數省委會機關報（如遼寧日報、四川日報、福建日報、江蘇的新華日報、武漢的長江日報……等）爲對開一大張四個版面外，絕大多數爲四開一張之小型報❹。這些小型報以週報出版型式最多，依序爲雙週報、日報、月報、雙日報、旬報。這些小型報不僅刊期太長缺乏新聞性；在內容上亦乏善可陳，尤有甚者，據統計有三成以上的小型報並不對外公開發行❺。

二、廣播、電視

根據大陸「中國社會科學出版社」之統計，中國大陸平均每千人只擁有四十六份日報❻，亦即每二十二人，才能看到一份日報，故大部份地區（特別是偏遠地區）日常生活大都依賴無遠弗屆的傳播工具——廣播與電視接收資訊。據統計，大陸地區人民持有收音機的數量約三億五千萬臺，電視機持有量亦有一億五千萬臺，廣播與電視節目的人口覆蓋率皆達百分之七十以上。

在中國大陸除了中央人民廣播電臺與中央電視臺擁有全國性廣播、電視臺，全大陸都可接收外，地方亦多設廣播與電視臺，中共於一九八三年即明確規定，中國大陸係實行中央、省（市、自治區）、地、市（州）、縣等「四級辦廣播、四級辦電視、四級混合覆蓋」制度❼。據統計一九八九年全大陸共有廣播電臺五百三十一座，各級電視臺四百六十九座❽。

在廣播方面，目前大陸除了各省（市、自治區）及各大城市都設有地方廣播電臺外，全大陸各地鄉村及偏遠地區亦多架有線廣播臺（站）從事廣播宣傳，據統計至一九八九年底，全中國大陸縣級廣播臺站已發展到二千二百二十五座，鄉、鎮、區廣播臺站亦達四萬八千八百六十一座❾。在電視方面，目前中國大陸各省、市、自治區與重要縣市亦已普遍建立起電視臺。

在節目製作及播放上，地方性廣播電臺除了自製一部分地方性的宣傳節目與新聞節目外，亦普遍聯播或轉播中央電臺之節目，無形中亦成爲中央電臺之分臺或轉播站。地方性電視臺與地方性廣播電臺相似，除了自製若干電視新聞節目與宣傳性戲劇性節目外，亦大量選播中央電視臺所播出之節目。一般而言，無論是地方性廣播或電視在新聞報導上，除了作爲正面性與政策性宣傳媒體外，對於重大新聞事件，大都等候指示不敢輕率自由報導。

值得注意的是，中共爲了加強對臺廣播已遂其統戰宣傳之目的，亦在大陸沿海若干地方性廣播電臺播出對臺節目，例如福建人民廣播電臺、廈門人民廣播電臺、海峽之聲廣播電臺、金陵之聲廣播電臺、江蘇人民廣播電臺……等皆有固定時段或節目針對臺灣廣播。

參、大陸地方性媒體的一般性角色與功能

在一般自由民主社會中，新聞媒體的主要功能在於提供正確的資訊與消息，給予人們充份「知」的權利，因此大體皆十分重視客觀性、時間性與趣味性，而地方性媒體無論是報紙、廣播抑或電視與一般全國性媒體的最大差異，在於其報導媒體著重於其他媒體所沒有的當地新聞，或深入報導與解釋當地消息，它不僅可以填補全國性傳播媒體的死角，同時亦可彌補代議制度的缺點，使各級政府眞正了解地方輿情，並協助地方建設及因地制宜的作為社會教育工具，故其除新聞報導外，亦兼具娛樂、教育、增進地方福祉……等多項功能。

此外，新聞在西方社會的觀點中，經常被視為行政、立法、司法三權分立之外的「第四權」，具有相當的獨立自主性，否則不足以稱之為客觀的「報導」。此外，市場經濟也迫使新聞商品化，以滿足讀者的需要做為新聞取材的最大標準。

但是，社會主義國家的新聞觀卻完全不同，除了認為新聞具有相當的階級性，代表一定階級、政黨、政治集團、或政治代表人物之外，還認為新聞事業應當具備相當的黨性，以求貫徹、宣傳黨的政策為目標，服從黨的領導；此外，新聞事業還要負責向人民宣傳，以達教育團結的目的；最後，新聞事業才是對事實負責⑩。

至於中國大陸地方性媒體，吾人可以清楚分別出其在角色功能上與一般自由民主社會中的地方性新聞大異其趣，因其主要係在各地堅定不移的扮演著組織羣衆、教育羣衆、引導羣

衆堅持黨的路線與貫徹執行黨的政策。一九八九年十一月底，中共中央總書記江澤民與負責意識形態工作的政治局常委李瑞環在「全國省、市、自治區黨報總編輯工作研討班」分別發表題爲「關於黨的新聞工作的幾個問題」及「堅持正面宣傳爲主的方針」演說時表示，所有報紙、廣播與電視等都是黨、政府和人民的喉舌，輿論工具不掌握在馬克斯主義者手中，不爲社會主義服務，一再高喊新聞自由，強調「人民性」高於「黨性」，不僅嚴重促成社會動亂，亦危及黨和人民的利益，應該堅決加以防制、摧毀，以澈底鞏固黨和人民的利益⓫。

此外，與一般自由民主社會中地方媒體的另一大差異在於，全大陸的各級地方性的媒體不論是報紙、廣播、電視到農村的有限廣播，其所出版和播出的時間、內容、版面到發行等各項程序都受到上級黨、政組織的監控，這種監控的方式是希望達到「全面的」、「多重的」、「澈底的」直接完全監控⓬。所謂「全面的監控」係指全大陸各級傳播媒體在版面、內容、時間到發行、播出都需由組織安排或批准，不論其所報導是否涉及政治性，都需受到「全面的監控」。所謂「多重的監控」乃指，其對傳播媒體的監控不只是單純的、單一的控制，而是重複的、多重的監控，以省市級報紙爲例，其除了受到中共中央宣傳部門及國務院相關部份的監控外，亦受到省級主管文宣部門的黨、政主管監控，由於地方性媒體往往受到多重的監控，故其所受到的限制更多。所謂「澈底的監控」，乃是指透過對所有新聞工作者的嚴格篩選，由於大陸目前仍沒有擁有高度自主性民營化的新聞媒體，且新聞媒體從業人員的敍薪大都依照黨或政府中的階級而定⓭，故所有的新聞稿件內容大都受到「澈底的監控」，必需事先送審。

值得注意的是在中國大陸雖然絕大多數的地方性新聞媒體都受到嚴格的監控，但在一九八九年「六、四天安門事件」期間，部份地方性新聞媒體如上海的「世界經濟導報」、深圳的「深圳青年報」……等因直率敢言而遭到停刊，許多在「六、四」期間支持民運或高喊新聞自由的新聞媒體從業人員亦紛紛遭到量刑、撤職、降職、流放……等悲慘命運。「六、四」之後，中共領導人在總結歷史經驗教訓時，更全面致力於整頓各級新聞媒體，進一步強化對新聞媒體的嚴格監控，除了成立專門組織、加強領導、嚴格把關外，中共中央更將廣東、海南、福建、浙江沿海四省作爲清查重點。此外，中共中央辦公廳與國務院辦公廳也於一九八九年十月四日，頒布「關於壓縮整頓報刊和出版社的通知」將全大陸百分之八的出版社和百分之十一的報社整頓、壓縮、停業⑭。

肆、以「福建日報」為個案分析

由上述簡要論述吾人可對大陸地方性新聞媒體的概況與角色定位功能有一梗概的認知。誠如前述，由於大陸地方性媒體範圍甚廣（包括報紙、廣播、電視、雜誌…等），層級甚多（包括省、地市、縣、鄉……）類型亦差異甚大（有政治性、經濟性、文藝性……等），報導篇幅、廣播與播出時間也有差異，難以獲致共同判別標準，雖然如此，但其在報導臺灣事務與兩岸事務在基本立場與態度取向上，不論從中央到地方，或從沿海到內陸，大都「口徑一致」，作者擬在此嘗試以「福建日報」所刊載所有有關臺灣事務與兩岸關係的報導與評論做簡要的內容分析，以檢視大陸地方性媒體在兩岸交流中之角色分析。

一、樣本分析範圍

福建日報——係福建「省委員會」機關報，每日出版，爲對開一大張，共分四個版面。每月不定期刊載約二次佔有半版篇幅的「閩臺骨肉情」，從事有關臺灣事務以及閩臺事物與福建地方鄉土親情等報導與評論。在臺灣所訂閱的係每月裝訂成一冊的合訂本，本文採樣分析範圍主要是從一九九一年一月一日至一九九一年五月三十一日（四月一日至三十日從缺）福建日報所刊載任何有關臺灣事務與兩岸關係之報導與評論，共計一百六十四則（其中八期的閩台骨肉情共佔七十九則）。

二、新聞來源分類

圖一　新聞來源分類圖

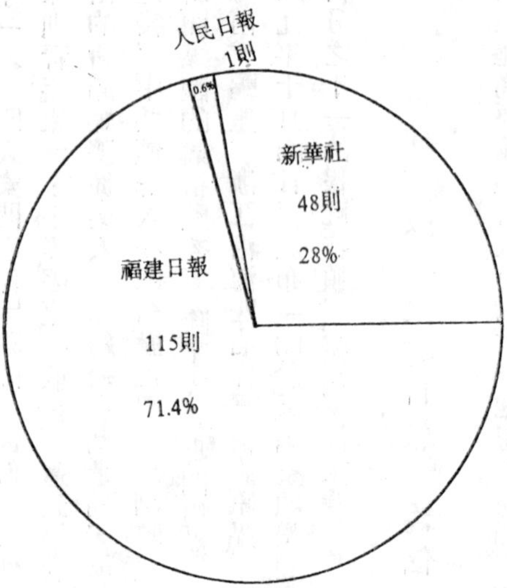

圖二　新聞版面分布圖

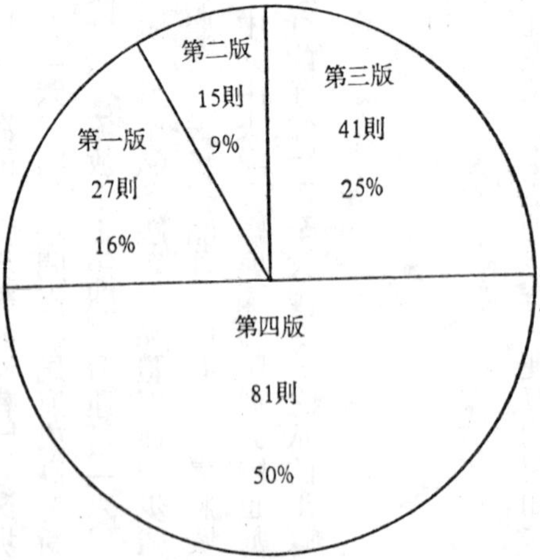

在總數一百六十四則的新聞報導評論中，有四十八則是採用新華社的報導其中又以北京中央以及鄰近香港的新華社報導爲多，合佔百分之廿八(包括二十四則爲香港新華社電訊，二十二則爲北京新華社電訊，一則爲杭州新華社電訊，另一則爲福州新華社電訊），一則係轉載人民日報評論員文章，其餘皆爲福建建日報新聞與評論報導，(唯若扣除七十九則閩臺骨肉情八期版面所做報導與評論，則福建日報一般新聞報導評論稿只有三十六則，共佔百分之廿二)。

三、新聞版面分布

在新聞版面分布上，以出現在第三版和第四版的新聞最多，共有一二二則（第三版四十一則，第四版八十一則），約爲百分之七十四。出現在第一版的佔二十七則，佔百分之十六，第二版佔十五則，佔百分之九。第三、四版出現頻率較多亦與閩台骨肉情專篇報導多係集中於這兩個版面有關（其中三版有二十四則、第四版有五十五則屬於此一專欄文章）。值得注意的是在第一版二十七則新聞中，福建日報報導佔二十則約佔百分之七十四，新華社報導佔七則（其中五則係北京新華社，另外二則分別爲香港與福州新華社）佔百分之廿六。在第四版八十一則報導中，新華社佔二十一則，恰巧也佔百分之廿六，其餘皆爲福建日報報導，唯在新華社二十一則報導中，香港新華社佔十三則，佔所有香港新華社二十四則的半數以上，此與北京新華社較重對臺政策宣示（故將其編排至第一版），而香港新華社則完全報導臺灣內部事物有密切關係。因此可以粗陋地說，「福建日報」中有關臺海新聞的報導約有四分之三的新聞皆出自該報本身的報導。至於福建日報在第一版的二十則新聞大都以返鄉探親、兩岸各項交流、臺商在大陸活動及領導人的談話……等極爲簡要且所佔篇幅甚小（大多數不超過二百字）的報導。

四、新聞內容分類

在總數一百六十四則的新聞報導中，吾人依其新聞之內容可將其分爲「臺灣事務報導」、「兩岸各項交流報導」、「對臺事務報導」、「評批臺灣大陸政策」及「呼籲一國兩制和平統一」等五部份[15]分別加以檢視。茲將其簡要分述如下：

圖三　新聞內容分類圖

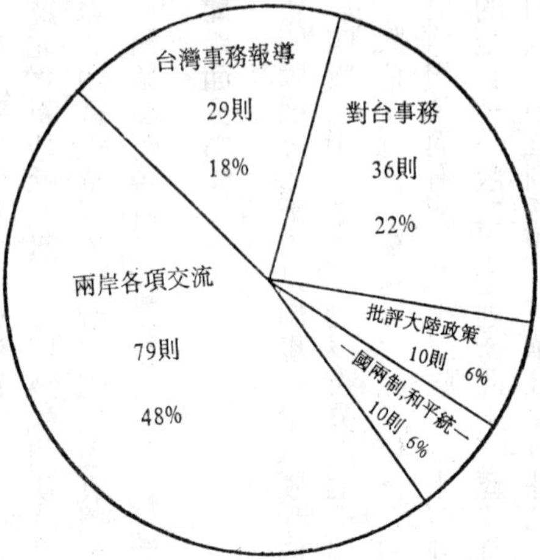

在「臺灣事務報導」部份，共有新聞二十九則，佔全部新聞總數的百分之十七點六八。其中對臺灣發生之新聞中性報導者（如三毛死亡、臺灣總人口數）十則；負面報導（如臺灣學生吸毒增多、臺灣中小企業營運困難、立法院亂像愈演愈烈）亦十則；對其有利報導（皆爲臺灣媒體、民代、人民贊成兩岸三通四流，實現祖國統一之報導）亦有九則。然而，在對臺事務的報導中以新華社香港分社所發的二十四則新聞稿件所佔比率最高（高達百分之八十二點七）。此外，值得注意的是在「閩臺骨肉情」的七十九則新聞報導中有關臺灣事物報導卻只有三則。

在「兩岸各項交流報導」部份，共計七十九則，佔總數的百分之四十八點一七，其中尤以報導兩岸人民往來、經貿活動、祖國溫馨感人的情誼與文化交流爲主。中共認爲新聞事業的重要作用，是向羣衆「宣傳黨的路線和政策，保證政治上與黨中央的一致」⑯。此一簡單統計數字充分說明當前中共對臺政策的主要重點乃是促成各項交流。值得注意的是「閩臺骨肉情」在此一部份共有四十六條（全部共八期七十九條），佔此一部份的百分之五十八點二二。由此可知「閩臺骨肉情」此一版面，主要係以報導兩岸各項交流爲主。若將此一版面進一步分析，吾人可發現，在四十六則中，臺商在福建的報導佔有十三則，大陸方面的溫馨感人接待亦有十三則；臺胞、臺商回饋物資捐助七則，其餘則爲一般探親、文化、宗教的交流活動。

在「對臺事務報導」部份，計有三十六則，佔百分之二十二。其中尤以中央及地方各級幹部的談話及對臺政策的宣導與闡明佔絕大部份。在三十六則中，「閩臺骨肉情」佔十九條。

在「批評臺灣大陸政策」部份，計有十則，佔總數百分之六點〇九。在這十則批評臺灣大陸政策的報導中，「閩臺骨肉情」每期版面中的「海峽漫談」專欄佔有八篇以上。因此，若扣除「閩臺骨肉情」的篇幅，則祇有二篇而已。

在「呼籲一國兩制和平統一」部份，亦僅有十則，佔總數百分之六點〇九，在這十則中，「閩臺骨肉情」報導只佔三則。

伍、量化結果與相關內容分析

綜合上述各項量化資料並配合相關內容分析方法，若以「福建日報」做爲個案研究用以檢視大陸地方性媒體在兩岸交流中之角色分析，吾人可依據研究過程中之發現與認識嘗試歸納下列結果：

一、在兩岸交流中，大陸地方媒體有關臺灣事物或兩岸事務的報導大都以新華社發稿爲主導以求統一口徑，各地方的自主性甚低。雖然在福建日報總數一百六十四則的新聞報導中，新華社報導只佔四十八則，佔百分之廿九，但如果吾人仔細加以檢視便可發現，不論是「臺灣事物報導」，抑或「兩岸各項交流報導」、「對臺事物報導」，乃至「批評臺灣大陸政策」與「呼籲一國兩制和平統一」，其中所有涉及高度政治性與敏感性重要新聞皆由新華社統一發稿，福建日報報導的論點爲觀點上可謂完全受制於新華社的制約和領導，亦即地方性媒體只能奉行新華社所定調的「口徑」，不能亦不敢擅自報導。據報導新華社每天向中央級報紙發稿約五萬字；向省、市與自治區報紙發稿約四萬字；向縣、市報紙發稿約一萬字。此外，新華社每天亦向全大陸各廣播、電視台發稿[17]。事實上，不僅全大陸地方性媒體在報導兩岸交流的新聞受制於新華社，連人民日報、中央電視台、中央人民廣播電台……等全國性傳播媒體雖然擁有龐大的記者羣與編輯羣，但在兩岸事務上亦完全以新華社馬首是瞻。

此外，在臺灣事物報導上，大都由香港新華社負責發稿，此或許與香港新華社所負責業務及其在資訊接收及人員配備水準較佳有關，然亦可顯示出香港新華社在兩岸新聞交流報導中，較諸其它媒體機構更有其影響力。

二、目前中共對臺政策一再強調「急迫感」，但是有關臺海新聞報導卻囿於制度，沒有競爭，因此也缺乏時效。例如一九九〇年七月二十二日在福建發生的「閩平漁號」二十五位大陸船員悶死事件，一直到八月三日才由福州的新華社發出電訊，連一九九一年三月二十七日在蒲田發生大車禍造成二十名臺胞死亡的災難消息，亦到四月七日，方由福州的新華社發出「血濃於水—三・二七交通事故搶救紀實」的電訊，極力報導「這裡的民衆眞好」、「這裡的警察眞關心」、「這裡的政府眞好」……等。又如在今年三、四月間兩岸發生的三保警案、海上搶刧、走私、糾紛……等重大事件，在新華社無發稿時，福建日報亦隻字不提。

三、大陸地方性媒體在兩岸交流過程中並未能扮演積極性的角色與功能。以海峽兩岸交流最爲頻繁的福建省爲例，雖然福建日報較諸於全大陸各地方報刊對臺灣與兩岸交流的報導可謂最多，但其在一百五十一天的新聞報導中，共計刊出新聞或評論一百六十四則，平均每天約僅刊載一則，若扣掉八期「閩臺骨肉情」中七十九則報導，則平均每天不到一則新聞。此外，絕大多數的新聞稿不僅消息十分簡略，且大多刊載在較爲不重要的版面，且版面的佔有率也非常低微。以輕、薄、短、小的報導方式，實在難以在兩岸交流過程中扮演積極性的角色與功能。事實上，在人民日報此一主要媒體對兩岸事物的報導等亦復如此。

在媒體上「輕、薄、短、小」的報導，亦可顯示出，中共當局似乎不欲大陸人民正確了解臺灣，亦不願大陸人民能透過媒體的客觀眞實報導，在兩岸交流中扮演積極的角色與應有功能(此與臺灣方面媒體對兩岸事務，大幅報導恰恰相反)，中共雖然希望透過媒體的報導，不使兩岸的「臍帶」斷掉，但卻仍然自許爲兩岸交流的主導者，不欲人民挿手、干預兩岸事物，以免日後尾大不掉。此又印證了中共所謂「無產階級新聞事業」應有對「事實負責的觀點」，然而此一觀點似乎仍然受制於黨性觀點之下。

四、大陸地方新聞媒體在新聞報導中突顯兩岸交流，但卻少報導「一國兩制祖國統一」並避免評爲「抨擊臺灣」，此除了印證出新聞媒體必須服從中共中央各個不同階段政策任務外，亦與現階段中共當局所極力推動「三通」、「四流」主要任務有密切的關係。同時，中共又將此種交流任務賦予與臺灣接觸第一線的福建省。至於政策性有關「一國兩制」的宣傳，以及最近中共猛烈抨擊臺獨言論，則在地方媒體中較少出現，以期避免產生交流與接觸的不良後果。此一現象在中共目前著重於「反和平演變」一事上尤然。

五、此外，在兩岸交流中，中共新聞媒體從未對其自身有過任何的負面報導，同時對有關臺灣的報導則常訴諸於民族大義的情緒性文字，以收動之以情的效果。例如今年三月二十七日福建蒲田車禍慘劇，中共媒體非但對車禍過失不提，更將其大做文章道：「多好的羣衆啊！難怪那些臺胞曾激動的說，要在對岸爲他們（指救災大陸人民）虔誠的炷起一支裊裊的香火……一位臺胞噙著淚說，要不是親眼看見，這一切怎麼能想像？這裡的警察眞是太好了。……一起二十餘人的交通事故，在我們祖國從中央到地方，牽動了多少顆熾烈的同胞心啊，我們的羣衆忘不了同胞的骨肉情誼，我們的人民警察深明血濃於水的民族大義，我們政府更是時時刻刻把臺胞看做故土的親人，在不幸的日子裡日夜牽掛，一起交通事故是兩岸的共同不幸，但在這不幸中，兩顆連臍相牽的心，不是靠得更攏了嗎」⑱。

六、由於大陸地方性媒體受到多重監控，缺乏自主性，而對臺報導及兩岸事物又往往牽涉到高度政治性，更使得所有新聞媒體都小心翼翼不敢自由妄加報導（大都等候新華社的電訊與定調），加上其媒體強調黨性壓倒民意，在無民營媒體競爭下，更無所謂輿論與讀者的壓力，對於無法立即作出政治性考量的新聞不是採消音方式，就是採取輕描淡寫，有時亦採刻意扭曲方式，一般新聞媒體所重視之「時效性」、「客觀性」、「眞實性」、「趣味性」都抵不過其所堅持之「黨性」。

六、結　論

綜合上述論據，吾人可對大陸地方性媒體在兩岸交流中之角色分析作一概略了解。雖然在兩岸交流中不論是中央媒體或地方媒體對臺灣事務與兩岸各項交流的報導大都流於「輕、薄、短、小」，具有高度政治性考量。故凡攸關兩岸之重大新聞，皆需待中央定調後，再透過新華社統一口徑以提供給各新聞媒體使用，由於中共中央在不同時期階段有其不同的對臺策略與階段性任務，作爲黨的喉舌的新聞媒體，自亦只有奉行中央政策。例如，在黨中央大力推動「一國兩制」時，大多數媒體報導均以「一國兩制」爲主要內容；在黨中央大力抨擊「臺灣獨立時」，大多數媒體亦以其爲主要報導。同樣的在中共中央極力推動「三通、四流」之際，所有媒體自然亦呈現出以報導兩岸各項交流爲主的趨向。在不同時期擔負不同宣傳報導任務，此爲從事內容分析者必須慮及之處。

雖然中央媒體與地方媒體具有上述共通性，但兩者在角色扮演上亦存有若干差異。例如，中央媒體報導大都偏重整體性，高度政治性，同時其批判性與政策性宣示亦較強。地方媒體除了轉載中央媒體報導外，在報導上則大都偏重當地事務，且以社會面之各項交流爲主，批判性較弱，並以軟性感性訴求爲主。在兩岸交流日益頻繁之際，對於大陸地方性媒體在兩岸交流中扮演的角色值得有識者進一步探究。

註　釋

❶ 參見劉志筠、童兵著，新聞事業概念，（山西：山西人民出版社，一九八七年十月），頁一〇六。

❷ 參見行政院新聞局編印，大陸地區大衆傳播媒體及其管理機構概況，（臺北：行政院新聞局，民國八十年六月），頁四四～四五。

❸ 據一九九〇年「中國新聞年鑑」載，全大陸報紙中，每週發行四次以上之日報（含晚報）僅約二百六十家；每日發行報紙則只有九十八家。故若扣除全國性報紙，則地方性報紙每日皆發行者更少。

❹ 李瞻，「大陸新聞事業現況之分析」，銘傳管理學院大衆傳播系主辦「大陸傳播媒體學術研討會」（民國八十年六月十九日），頁1～3。

❺ 行政院新聞局編印，大陸地區大衆傳播媒體及其管理機構概況，前揭書，頁五七。

❻ 同上註，頁八三。

❼ 同上註，頁八八。

❽ 中國年鑑，一九九〇，（北京：新華社中國年鑑出版部，一九九〇年），頁四八三～五〇二。

❾ 中國百科年鑑，一九九〇，（北京：中國百科全書出版社，一九九〇年），頁二四二。

❿ 見甘惜分，新聞鬪爭三十年（北京：新華出版社，一九八八年），頁一～二三。

⓫ 中國年鑑，一九九〇，頁四九七～四九八；林東泰，「六四天安門事件前後大陸報業的轉變」，大陸傳播媒體學術研討會，頁八～十一。

⑫ 參閱楊開煌，「大陸政體下的媒體角色之變遷——解釋典範之探討」，東亞季刊，第二十三卷，第二期，（臺北：政治大學東亞研究所），頁二〇～二一。

⑬ Lu Keng 著，鄭自隆譯，「共產國家的報業控制」，新聞學研究，第三十八集（臺北：政治大學新聞研究所，民國七十六年一月二十八日），頁三一三～三一四；大陸地區大衆傳播媒體及其管理機構概況，頁二六～二七。

⑭ 中國年鑑，一九九〇，頁五〇三。

⑮ 此係參考楊開煌教授在「兩岸交流中官方傳播媒體之功能分析——中央日報、人民日報。一九九〇年七月～一九九一年五月」一文中所作分類，該文載於中國大陸研究教學參考資料，第七十三卷，（臺北：中國大陸研究教學資料中心），頁二三一。

⑯ 見甘惜分，前述，頁十。

⑰ 李瞻，「大陸新聞事業現況分析」，頁八。

⑱ 福建日報，一九九一年四月七日，版一，版四。

國立中央圖書館出版品預行編目資料

新聞媒體與兩岸交流／大陸事務暨政策研究基金會主編.--初版.--臺北市：臺學灣生，民81

面； 公分

ISBN 957-15-0372-X（精裝）.--ISBN 957-15-0373-8（平裝）

1. 新聞業-中國

898　　81001401

新聞媒體與兩岸交流（全一冊）

主編者：大陸事務暨政策研究基金會
出版者：臺灣學生書局
發行人：丁文治
發行所：臺灣學生書局
臺北市和平東路一段一九八號
郵政劃撥帳號〇〇〇二四六六八號
電話：三六三四一五六
FAX：三六三六三三四
本書局登記證字號：行政院新聞局局版臺業字第一一〇〇號
印刷所：淵明印刷廠
地址：永和市成功路一段43巷五號
電話：九二八七一四五
香港總經銷：藝文圖書公司
地址：九龍偉業街九十九號連順大厦五字樓及七字樓
電話：七九五九五九五
定價　精裝新臺幣一九〇元
　　　平裝新臺幣一三〇元
中華民國八十一年四月初版

89504

ISBN 957-15-0372-X（精裝）
ISBN 957-15-0373-8（平裝）